Claudio Ceriani, *Nel deserto della notte*
© Edizioni Tripla E, 2019
Prima edizione cartacea: luglio 2019

ISBN 978-88-5539-001-9
Collana "Raccontare", n. 11

EEE – Edizioni Tripla E di Piera Rossotti
Str. Vivero, 15 – 10024 Moncalieri (TO)
www.edizionitriplae.it
info@edizionitriplae.it

In copertina: particolare da *Terrazza del caffè la sera, Place du Forum, Arles* di Vincent van Gogh,1888 (Museo Kröller-Müller di Otterlo).

Claudio Ceriani

Nel deserto della notte

EEE-book

Ad Antonino, che ha reso tutto questo possibile.

A Cesare ed Annamaria per il loro incoraggiamento.

Ai miei genitori

La convocazione

Era ormai la mezzanotte passata quando Pedro Basquets, proprietario del «Jolly Catering», udì il campanello del proprio piccolo appartamento suonare con insistenza.

Strappato via – in modo brusco ma provvidenziale – da un incubo atroce, si alzò di soprassalto e ansimò a bocca aperta, prima di realizzare dove si trovava. Nel tentativo di accendere la luce batté il polso contro lo spigolo del comò. Il colpo, piuttosto violento, ebbe l'effetto di risvegliarlo del tutto.

Urlò con voce arrochita al perentorio visitatore che stava arrivando, inforcò gli occhiali, si diresse all'uscio e lo aprì. Un uomo, con cappello floscio e trench color ocra, stava in piedi oltre la soglia, dritto come una lancia e non meno minaccioso. Il padrone di casa si sentì letteralmente risucchiare da due occhietti che parevano voraci quanto le fessure di una slot-machine.

«Il Signor Pedro Basquets?» sibilò il personaggio, con tono autoritario.

Il timbro di voce tagliente ebbe sull'intontito Pedro un effetto terribile: le ginocchia iniziarono a tremargli, la parlantina – solitamente sciolta se non addirittura brillante – si inibì e le lenti gli si appannarono. Quelle semplici parole gli avevano fatto capire di essere nel mirino delle autorità. Incapace di acconsentire con la favella, annuì con il capo.

In fondo, se lo aspettava. Quella sciocca smania di scrivere poesie che, per quanto innocue, qualcuno avrebbe potuto considerare come sovversive, era già di per sé foriera di guai non indifferenti ma, a peggiorare le cose, a lui si potevano imputare anche recenti frequentazioni di artisti non proprio bene accetti dalle alte sfere politiche e militari.

Da quando la situazione del Paese era precipitata, tutte le voci non concilianti erano state zittite e Pedro, sebbene non si fosse particolarmente distinto nel *milieu* della sinistra colta, si era da subito sentito esposto in qualche misura a possibili ritorsioni. Né mancavano concorrenti sleali, pronti alla maldicenza o alla delazione, pur di giovarsi di una sua caduta in disgrazia.

Eppure, dentro di sé, egli sapeva che c'era ben altro. Si era messo nei guai soprattutto a causa di Magda, la bellissima venticinquenne che conosceva da meno di sei mesi e che lo aveva stregato. Magda, la gatta dagli occhi verdi che, purtroppo per lui, si illuminavano solo davanti a Claudio Bioy, amico fraterno di Pedro, ben più giovane e fisicamente ben più attraente di lui, quarantenne ansioso, occhialuto e dalla calvizie incipiente. Nonostante ciò, si era aggregato ai due, noti attivisti, solo per stare vicino a Magda e condividere con lei almeno un po' di tempo. Non pago, quando l'aria per i due si era fatta pesante, aveva pure acconsentito a nasconderli.

Ormai la frittata era fatta, il suo nome era stato segnalato e lo avevano messo sulla lista nera dei potenziali nemici del nuovo governo. Chi o che cosa avrebbe mai potuto salvarlo, adesso?

«Se permette, dovrei entrare» disse lo sconosciuto, superando la soglia con decisione. Pedro si fece da parte per farlo passare e poi chiuse la porta. Deglutendo, chiese: «Di che cosa mi si accusa?»

L'incrinatura avvertibile nella voce di Pedro parve divertire l'uomo. «Nervoso? Ne ha ben donde. Lei ci è stato segnalato come partecipante assiduo a convegni sediziosi.»

«I-io? Ma no, io sono solo un piccolo imprenditore del settore alimentare. Come potrei mischiarmi a gente che vorrebbe impiccare quelli come me, e non solo in effigie? Io ho solo partecipato ad alcune manifestazioni culturali.»

A Pedro sembrò meno sciocco e più dignitoso impostare la propria difesa sull'innocuo amore per la cultura, privo di secondi fini ideologici, piuttosto che insistere sul vero motivo

– prettamente personale ed egoistico – delle sue frequentazioni.

Lo sconosciuto, che nel frattempo si era posizionato al centro del soggiorno, lo ascoltò senza muovere un muscolo, prima di replicare freddamente: «Questo resta da vedere. Intanto si vesta. Lei è convocato dal Comitato di Igiene Pubblica e deve seguirmi seduta stante».

Pedro fu sul punto di avanzare una timida protesta, ma una nota stringata, che lo sconosciuto prese da una tasca del proprio trench e che gli porse con decisione, soffocò ogni velleità di resistenza. Nella nota, senza data né firma, si convocava il signor Pedro Santiago Basquets per non meglio specificati "accertamenti". Altre spiegazioni non erano fornite.

A Pedro non restò che adeguarsi. S'infilò in camera da letto e, dopo qualche minuto, vestito in modo del tutto informale, ritornò nel soggiorno. Qui, s'accorse che l'incaricato del suo arresto – perché tale si doveva ritenere quella convocazione – stava fissando qualcosa, segnatamente un vaso di vetro. Pareva inoltre che le sue mascelle si stessero muovendo.

«Che cosa c'è qui dentro?» chiese al padrone di casa, senza distogliere lo sguardo.

«Sono una mia specialità. Mi diletto di pasticceria e quelli sono… ehm, datteri ripieni di una crema al rum e cioccolato» spiegò Pedro.

L'uomo, che ancora non aveva fornito le proprie generalità, lo squadrò, divertito. Schioccò la lingua, quasi a testimoniare il proprio apprezzamento, e disse: «Notevoli. Li metta in un sacchetto e li porti con sé. Potrebbero giovare alla sua causa».

Sebbene non capisse appieno quel curioso suggerimento, Pedro lo seguì alla lettera. Dopodiché uscì dalla sua abitazione, ne chiuse l'ingresso e scese le scale, davanti al visitatore notturno.

Quando fu in strada, Pedro comprese di aver sottovalutato il vento di quella precoce primavera, ancora carico del gelo delle montagne. Rabbrividì, facendo ridacchiare l'incaricato.

«Non ha pensato, dunque, che la temperatura a quest'ora di notte poteva essere poco clemente? Voi sovversivi, anche nelle piccole cose... bah! Non tema, useremo quella macchina lì. Ecco, ci salga.»

Pedro obbedì, sedendo vicino al posto del guidatore, subito occupato dallo scorbutico scagnozzo. Ma, quando costui prese la chiave dal proprio trench e cercò di avviare il motore, l'auto non partì. Ci riprovò ancora e ancora, ma senza successo.

«Ingolfata. Ecco lo schifo che passano a quelli chiamati a collaborare con i volontari del Comitato, robaccia da rottamare. Bene, vuol dire che all'Hotel Zuniga de Jorba ci andremo a piedi. Scenda.»

Appena udì il nome dell'hotel, il cuore di Pedro accelerò i battiti. Non solo conosceva bene quel celebrato albergo, per aver spesso fornito il rinfresco destinato a numerosi convegni ivi ospitati, ma prima che quell'uomo lo svegliasse egli stava sognando di trovarsi proprio lì.

Scesero e presero a camminare. Durante il percorso verso l'hotel, cercò di rammentarsi l'incubo spaventoso e sgradevole che aveva sognato. Lui, vestito in modo impeccabile, stava tenendo una conferenza sulla poesia davanti a una tavolata imbandita, quando si era reso conto che le donne e gli uomini davanti a lui erano semplici manichini di plastica, con tanto di sorrisi dipinti. Con stupore, s'accorgeva di tenere in mano un foglio sul quale era apposta, con inchiostro vermiglio, la propria firma, prima di spostare lo sguardo sul tavolo, dove era apparso un lenzuolo rigonfio che egli si era risolto a togliere, scoprendo qualcosa di orrendo.

Giusto in quell'istante, una folata impetuosa di vento lo investì, gelandolo. Chiuse gli occhi e scosse la testa, come se cercasse invano di scacciare quella visione che tanto lo aveva turbato.

Intanto, il suo accompagnatore commentò: «Sì, fa freschino, ma non si crucci troppo; in dieci minuti saremo a destinazione. Ehilà, chi si vede. Il buon Adolfo Garcia. Ciao, Adolfo».

Quel saluto improvviso era indirizzato a un soldato che stava in piedi, vicino a un'utilitaria parcheggiata in flagrante divieto di sosta. In quella stessa macchina, un altro militare stava per caricare un individuo corpulento, che Pedro riconobbe subito: era il rubizzo e cherubico Antonio Ferri, tipografo, un fervente sinistrorso che gli aveva stampato un paio di raccolte ciclostilate da donare a membri scelti del «Circolo Culturale Ortega» (una, con dedica speciale, era stata stampata anche per Magda).

Antonio sembrava decisamente sconvolto e Pedro notò da alcuni particolari – le calze spaiate e il pigiama infilato alla bell'e meglio nei calzoni – che quel suo conoscente doveva essere stato prelevato in piena notte dall'esercito; ammise che al tipografo era andata peggio che a lui.

«Ma che ci fai in giro a quest'ora, Pablo?» chiese a sua volta il soldato, un giovanotto baffuto con uno strano tic alla bocca, rispondendo al saluto dello sconosciuto e chiamandolo per nome. «Non mi dirai che ti sei perso.»

«Hai poco da fare lo spiritoso! Tu lavori per l'esercito e hai mezzi più che decenti a disposizione. Io, per contro, sono stato assegnato ai volontari da operetta del Comitato, le cui vetture sono roba di terz'ordine. Puah! Per mia fortuna, il punto di raccolta non è troppo lontano.»

«Non ti lamentare, sei pur sempre agli ordini di Carvajal-Garranzo. Quello è un pezzo grosso, un intellettuale in ascesa, molto stimato dal Presidente. E anche i suoi paramilitari sono rispettati.»

Mentre questo scambio di battute proseguiva, Pedro provò a incrociare lo sguardo di Antonio. Ma questi, quasi raggrinzito dalla paura, sedeva ammanettato e fissava con occhi inespressivi il sedile davanti a sé. L'altro militare, che intanto si era accomodato vicino al prigioniero, a un certo punto si spazientì e gridò: «Allora, Garcia, vogliamo levare le ancore? O dobbiamo fare notte?»

Il soldato, in tutta evidenza un subordinato, non se lo fece ripetere ed entrò di corsa in macchina, salutando Pablo. Costui ricambiò, agitando la mano destra.

Una volta che la vettura ebbe ingranato la prima, i due ripresero a camminare. Il silenzio regnò tra di loro fino a quando l'uomo che era venuto a prelevarlo non trasse dall'interno del trench un pacchetto di sigarette. Ne prese una, rimise a posto il pacchetto, e disse con un sorriso oscenamente maligno: «Lei non fuma, spero. È un vizio che nuoce alla salute e accorcia la vita».

Pedro non reagì davanti alla provocazione, restando zitto e lasciando che fosse l'altro a parlare.

«E dunque, lei ora conosce il mio nome. Poco male. Anzi, sarà meglio che completi la presentazione: mi chiamo Pablo Satrustegui e lavoro per la Polizia di Stato. Sulla scia del glorioso *pronunciamento* contro quel governo di malfattori che stava per condurre la nostra Patria allo sfascio, mi hanno assegnato al sostegno del Comitato per identificare e rastrellare tutti quei pesci piccoli con i quali l'esercito non vuole perdere tempo. Gente come lei, insignificante ma pericolosa, perché ignara di ciò che combina e che ricade sullo Stato, su tutti noi.»

In effetti, il golpe non era stato senza conseguenze nemmeno per i militari e la polizia. Gli uomini e le donne in uniforme fedeli al governo legittimo erano stati epurati e, per operazioni di vasto respiro, si era reso necessario il sostegno di un'organizzazione paramilitare, il Comitato di Igiene Pubblica. Tale comitato faceva capo a un gruppo di personaggi di spicco, tra cui Carvajal-Garranzo, poeta e intellettuale di assoluto spessore, benché irriducibilmente reazionario.

A lui, e ad altri quattro "illustri" esponenti dell'estrema destra, era stata affidata l'istituzione di quel Comitato, legittimato a ripulire il paese da elementi sgraditi ma di secondaria importanza, appartenenti al sottobosco dell'intellettualità impegnata. Quel corpo speciale – quasi del tutto privo di professionisti – rispondeva del proprio nefando operato solo all'esercito.

Pedro, al contrario di Ferri, era un neofita non ancora ben inserito in quel tessuto politicizzato; eppure, in tutta evidenza, era bastata una sua pur limitata partecipazione a certe riunioni per farsi marchiare come nemico del nuovo regime.

Pablo Satustregui, immerso in una nuvola di fumo, continuò a sproloquiare, senza che le sue parole scalfissero Pedro, fino a quando entrambi giunsero in vista della facciata – maestosa ancorché kitsch nelle sue decorazioni in stile Gaudì – dell'Hotel Zuniga.

Mentre si avvicinavano all'entrata, i due notarono che, disteso sul selciato, c'era un corpo ricoperto da un lenzuolo. Pedro, con una semplice occhiata, colse un dettaglio che lo folgorò: il dito medio della mano sinistra, che fuoriusciva dal lenzuolo, era troncato a metà. Comprese allora di trovarsi di fronte al cadavere di Arturo Cuadrado, un operaio che aveva conosciuto al circolo culturale. A quella vista, le orecchie iniziarono a ronzargli.

In piedi, davanti al morto, sostava un paramilitare. Indossava la tipica uniforme color kaki e aveva appena finito di tracciare con un gessetto la silhouette dei mortali resti di Cuadrado. Accortosi dei nuovi arrivati, disse: «Ciao, Pablo. Vedo che ne hai rastrellato un altro, eh?»

L'odioso Satustregui annuì, prima di sentenziare: «Un altro che non voleva parlare e ha deciso di farla finita, immagino».

«Ah, ah, ah… già, sta diventando un'epidemia. Questo qui ha scelto di fare un bel volo di nove piani.»

Pedro, intanto, fissava il dito tronco di Cuadrado e, sofferente di vertigini com'era, pensava tra sé: «Dio, che morte tremenda gli è toccata».

Satustregui, intanto, decise di tagliare corto.

«Bene, Guillermo. Io entro con questo, poi magari ci vediamo per un liquorino. La notte sarà ancora lunga.»

Dopodiché, prese per il gomito l'intontito Pedro e lo trascinò verso l'entrata principale dell'albergo.

Una volta passata la porta girevole, la hall dell'hotel – non priva di maestosità ma arredata in modo stravagante ed eterogeneo – accolse i due come una bocca sensuale ma traditrice, pronta a ingoiare chi si avvicinava troppo. Quel luogo, una volta rinomato ritrovo per uomini d'affari locali e stranieri, era divenuto una spettrale parodia di ciò che era stato. Nessun turista vi pernottava più ma, in compenso, lo stabile brulicava di uomini e donne del Comitato, che lo avevano requisito per farne il proprio centro di detenzione temporanea.

Satrustegui – sempre trascinando Pedro – si avvicinò a quella che una volta era stata la reception e salutò la donna in uniforme seduta dietro il bancone: «Dolores, come butta? Io ne ho prelevato un altro; si chiama Pedro Basquets. Vedi un po' che dice il registro degli ospiti, per favore».

Dolores, una biondina slavata e secca, inarcò le sopracciglia dietro gli spessi occhiali, prese in mano un registro, lo consultò e disse: «Chiedi a Josè Aparecio, qui all'ammezzato a sinistra».

Satrustegui ringraziò e sospinse Pedro verso la direzione indicata. Un paramilitare li incrociò e si avvicinò all'uomo col trench, sussurrandogli qualcosa all'orecchio. Gli occhi piccoli e cattivi di quel mastino umano mandarono bagliori sinistri, mentre replicava con un grugnito. Dopodiché si rivolse a Pedro: «Lei salga le scale e si avvicini alla persona che vedrà dietro la scrivania. Si chiama Josè Aparecio. Gli comunichi il suo nome e si attenga alle istruzioni. È tutto. Vada».

Appena ebbe pronunciato quelle parole, girò sui tacchi e se ne andò senza più voltarsi. Pedro restò per un attimo confuso e incapace di prendere una decisione. «Proseguire o tentare la fuga?» si chiese. Ammise quasi subito che la seconda ipotesi era impraticabile e si vide costretto a proseguire nell'iter della sua convocazione, con una rassegnazione che lo avvilì.

Dopo l'ultimo scalino, vide, piazzata a una dozzina di metri, una piccola scrivania coperta da almeno una decina di faldoni. Dietro la stessa, sedeva un uomo bene in carne, con piccoli baffi e una capigliatura impomatata, che alzò il capo appena in tempo per squadrare, con aria supponente, lo sconosciuto in procinto di fermarsi davanti a lui. A fatica, Pedro pronunciò il proprio nome e l'individuo – che, sebbene seduto, gli diede l'impressione di scrutarlo dall'alto in basso – per tutta risposta fece una smorfia. Poi prese un faldone e lo sfogliò, infine tolse alcune pagine, le unì con una graffetta e le porse al convocato. «Ecco il suo fascicolo. Prenda.»

Non appena Pedro ebbe obbedito, l'uomo si alzò e gli ordinò di tenere le braccia e le gambe divaricate.

«Devo perquisirla» dichiarò, facendo scorrere le mani addosso a Pedro, finché non gli trovò qualcosa nella tasca posteriore dei pantaloni. «E questi che accidente sarebbero?»

«Ehm… datteri, datteri ricoperti di cioccolato. Una mia specialità. Mi hanno consigliato di…»

«Requisiti!» esclamò l'uomo deciso, buttando il pacchettino sulla scrivania. Non pago, tolse a Pedro anche chiavi e portafoglio e li gettò vicino ai datteri. Subito dopo si sedette di nuovo e compilò una sorta di ricevuta prestampata. Una volta compiuta l'operazione, prese un foglio, vi scrisse qualcosa e lo firmò, apponendovi anche un timbro.

«Salga al secondo piano, stanza 201. Entri e consegni alla persona preposta foglio e fascicolo. La ricevuta, invece, la tenga.»

Pedro esitò per qualche secondo ma, quando le iridi nere come la pece del paramilitare gli perforarono l'anima, si diresse senza fiatare agli ascensori, salvo sentirsi riprendere da Aparecio con tono aspro: «Gli ascensori sono riservati al nostro personale. Salga a piedi».

In pochi minuti, Pedro raggiunse il piano indicatogli, sul quale, non lontano dalle scale, sostava un piccolo capannello di paramilitari. Il più alto di loro stava improvvisando una specie di danza vagamente scimmiesca, mentre riferiva un aneddoto.

«No, dico, quella india lì era piccola ma ben fatta e con due tette da resuscitare quello che s'è buttato dalla finestra stasera. Ed era della misura adatta, perché quando s'è sdraiata nuda sul biliardo, con le gambe ben aperte e gridando "ancora, ancora", ha chiesto che le palle in avorio imbucassero la sua… be', e tu chi saresti?»

Sentitosi chiamato in causa, lo smarrito Pedro balbettò qualcosa sulla stanza 201 e su un fascicolo che gli era stato consegnato. Il paramilitare lo fissò e poi, come se la cosa non lo riguardasse, ordinò a un suo camerata: «Rosario, scorta questo qui da Estrela O'Leary, alla 201. Non so che ci vada a fare lì ma, se ce lo hanno mandato da sotto, ci sarà un motivo».

Rosario, un piccoletto baffuto con una pistola nella fondina, sbuffò la propria disapprovazione ma obbedì. Seppur maldisposto, fece a Pedro cenno di seguirlo e, quando giunse con lui di fronte a una porta con la targhetta «201», bussò con forza. Una voce femminile rispose: «Avanti».

La porta si aprì e i due uomini si trovarono dinnanzi a un insolito spettacolo. Comodamente sistemata in una poltrona, una donna dai capelli rossi, con la divisa slacciata, sbraitava minacce contro una ragazza dai lunghi capelli castani, la quale stava innanzi a lei sulle punte dei piedi, completamente nuda, con gli occhi bendati e le mani che, protese in avanti, reggevano a fatica un enorme vassoio colmo di bottiglie di vetro.

«Entrate, entrate. Non restate sulla soglia. Allora, che volete?»

«Scusa, Estrela, ma da sotto ti hanno mandato questo tizio. Ecco, leggi tu stessa.»

La donna, dopo aver preso le carte dalla mano di Rosario, cominciò a leggere, arricciandosi nervosamente una ciocca di capelli. Pedro fissò più da vicino il volto della prigioniera e –

da un neo posizionato vicino al labbro superiore – scoprì che si trattava di Gabriela Ridruejo, la ventenne, adorabile barista del Centro Culturale.

La carne gli si aggricciò. Dunque avevano prelevato anche quella incantevole e sfortunata giovane e ora la stavano costringendo a rimanere in quella umiliante posizione, che ricalcava beffardamente la professione della poveretta, presumibilmente per forzarla a rivelare dei nomi. Pedro, come ipnotizzato, fissò quel corpo che fremeva dallo sforzo e quel supplizio gli fece prefigurare ciò che gli sarebbe potuto accadere. Fu sul punto di svenire.

«E io che c'entro con questo qui? Dico, ti pare una donna?» domandò con asprezza Estrela. «Aparecio avrebbe dovuto scrivere il numero 701 e non 201. Scommetto che non gli avranno comunicato che io e Don Jinete ci siamo scambiati le stanze. Soliti casini. Avanti, portalo di sopra. Fuori tutti e due, via, aria!»

Rosario si riprese le carte e spinse l'inerte Pedro verso l'uscita. Sulla soglia, i due uomini quasi si scontrarono con un'altra volontaria del Comitato, dall'espressione gongolante, una brunetta tarchiata che stava entrando con in mano delle briglie e una grossa confezione di lucido da scarpe.

Appena chiusero la porta si udì uno schianto di vetri infranti seguito da urla allucinanti. Dopodiché, Rosario spinse verso gli ascensori il piccolo imprenditore, la cui mente indugiava ancora sull'inerme Gabriela, sottoposta a raffinate crudeltà muliebri. Concluse che la bellezza della giovane non avrebbe certo commosso – ma semmai esacerbato – quelle arpie in divisa.

Svuotato di ogni energia e impaurito come mai prima, Pedro si ritrovò davanti alla porta dell'ascensore che si aprì in quel momento, mostrando al proprio interno un paramilitare armato di fucile e due uomini incappucciati e con le mani ammanettate dietro la schiena. Uno di loro, dal fisico muscoloso e asciutto, ostentava al braccio sinistro il tatuaggio di un drago color rosso-oro.

Il piccolo imprenditore sgranò gli occhi, riconoscendo il tatuaggio; era quello di Rafael Ortega, il proiezionista di tanti film e documentari sulla situazione politica del Paese e dell'intero Continente. Schiantato dalla nuova, terribile apparizione, egli quasi non udì il dialogo tra Rosario e il paramilitare armato di fucile.

«Ehi, dico, sei stato tu a chiamare l'ascensore prima che io pigiassi il pulsante?»

«Sì, devo portare questo imbecille al settimo piano.»

«E così ti permetti di fermarmi nel compimento del mio dovere? Io questi due devo portarli nelle cantine e con una certa urgenza. E poi, non te l'hanno detto che gli ascensori sono riservati per operazioni che hanno l'assoluta precedenza?»

«Ma io questo qui come ce lo porto al settimo, da Don Jinete?»

«A piedi» latrò l'uomo col fucile, da dentro l'ascensore, mentre le porte dello stesso si chiudevano.

Rosario spinse Pedro verso le scale, bestemmiando in modo innominabile, e si inferocì, constatando che l'uomo a lui affidato si muoveva solo con le cattive. In effetti, il convocato era ormai prosciugato da ogni volontà, perché la consapevolezza che molti suoi conoscenti del Circolo Ortega fossero in balia di quei carnefici, e che lui ne avrebbe certamente seguito la sorte, lo aveva reso inerte. Anzi, si sentiva già destinato al peggio.

Nonostante ciò, fu molto abile nello scansarsi pochi istanti dopo, quando un uomo – un sessantenne che sembrava in preda a uno spirito maligno – scese di corsa le scale, urlando e rischiando di travolgere lui e il paramilitare. Pedro riconobbe in quello scalmanato il Professor Jacinto Figueroa, un distinto costituzionalista che, sovente, aveva tenuto conferenze al Circolo.

Il maturo docente, spaventatissimo, correva in mutande, esponendo il macilento e cadente corpo nell'intento di sfuggire a un paramilitare che, per una ragione non molto chiara, portava sulla faccia una maschera da clown e teneva in mano un oggetto non molto grande, un puntale la cui funzione – facilmente intuibile – inquietò assai Pedro.

Il paramilitare riuscì a raggiungere il fuggitivo e ad assestargli una scarica elettrica tramite il congegno che aveva in mano. Figueroa s'afflosciò sul pavimento come uno straccio bagnato, mentre un divertito Rosario si congratulava con il camerata, esclamando un convinto «olé». Il torturatore mascherato, per tutta risposta, alzò la mano in segno di apprezzamento.

Dopo quell'intermezzo drammatico, in capo a pochi minuti i due si ritrovarono al quinto piano, dove incontrarono un altro paramilitare. Costui aveva in mano uno sturalavandini e, salutando il camerata, gli chiese: «Ehilà, Rosario, dove stai andando di bello?»

«Al settimo, da Don Jinete. E tu, che fai? Ti improvvisi idraulico?»

«No, è che Paco, come al solito, ha esagerato con il trattamento. Il tipo che lo ha subito – sai, quel tale Gallispoli, l'avvocato ben pasciuto – è svenuto e il water è rimasto intasato dal vomito.»

Pedro barcollò e venne sorretto appena in tempo da Rosario. Se perfino Hernàn Gallispoli, avvocato in vista ma dalle idee troppo socialiste, era oggetto di trattamenti inumani, che ne sarebbe stato di lui? Iniziò a tremare, impercettibilmente ma senza requie.

Comunque, in qualche modo, fu trascinato fino al settimo piano e portato davanti alla stanza numero «701». Il piccolo paramilitare, palesemente seccato dall'inerzia dell'uomo affidatogli, bussò energicamente alla porta e l'aprì ancor prima che l'invito a entrare fosse stato completato.

I due uomini ebbero così accesso a uno spazio ampio ma scarsamente illuminato nel quale, seduto a un tavolo pieno di carte sormontate da un crocefisso di ferro, si trovava un prete di mezza età, con barba e capelli folti e non meno neri dell'abito talare. Si stava massaggiando le tempie con gli occhi chiusi.

«Prego, desiderate?» domandò. Era senza dubbio un vero sacerdote, sul cui abito, però, era appuntata la spilla del Partito d'Azione Patriottica, dai riconoscibili colori fiammanti: il rosso, il nero e il bianco della bandiera nazionale.

Rosario, scusandosi per l'intrusione a tarda ora, spiegò che quell'uomo gli era stato affidato da Aparecio perché destinato alla stanza 201. Ma quella stanza, adesso, era riservata alla zelante camerata Estrela, che però interrogava solo soggetti sovversivi rigorosamente femminili. Si presumeva, pertanto, che fosse Don Jinete a doversi occupare di quell'individuo.

Terminata la breve esposizione, Rosario salutò con un inchino e lasciò la stanza. Rimasto solo, Pedro venne invitato dal prete con un cenno ieratico ad accomodarsi attorno al tavolo, sul quale giaceva un piatto con molti scarti alimentari, simili a detriti. Mentre egli, esitante, riusciva finalmente a sedersi, Don Jinete si metteva al collo la stola sacra e, con la mano destra, compiva una silenziosa benedizione per il reprobo che stava prendendo posto davanti a lui.

«Dunque, figliolo, sei pronto per la confessione?»

Pedro, imbarazzato e allocchito, fu sul punto di rispondere sì, quando si morse la lingua. Poi mormorò: «Io… io, veramente, non saprei. Mi hanno mandato qui dal basso…»

«Sì, lo so. È stato il buon Aparecio che ti ha inviato qui, perché certamente sarai disposto a toglierti un peso dalla coscienza e confessare ogni cosa, risparmiandoti molte sofferenze.»

«Io non devo confessare nulla! Mi hanno convocato nel mezzo della notte e mi hanno portato qui.»

L'espressione del prete mutò e, da comprensiva e conciliante, divenne ombrosa e ostile. Il sopracciglio sinistro s'inarcò, come se Pedro lo avesse indispettito, e infine il volto si contrasse e gli occhi neri si levarono verso il soffitto. «Ha sentito?» domandò.

Pedro, colpito da quello sguardo e da quella espressione, balbettò: «S-sentito c-che co-cosa?»

«Il fragore.»

Pedro tese le orecchie. Non udendo alcunché, chiese con crescente timore: «Quale fragore?»

«Quello del tracollo dei nostri valori, minacciati dalla sovversione sinistrorsa» concluse il religioso, mentre la sua espressione facciale si rilassava. «Quel rumore inudibile eppure tumultuoso che solo i prediletti da Dio sanno cogliere. È il rumore che ha armato i cuori e le mani degli unti del Signore. Ma spiegarlo a uno come lei, è tempo perso. Sicché, lei non è qui per confessare?»

Al diniego di Pedro seguì una breve spiegazione che il religioso ascoltò con attenzione, prima di concludere: «Allora, temo che ci sia stato un equivoco. Probabilmente, lei era stato indirizzato alla 201 prima ancora che ci stessi io, quando lì c'era ancora Ricardo Inarte. Vede, il Comitato s'è installato qui da dieci giorni e problemi organizzativi di diversa natura ci hanno costretto a frequenti scambi delle nostre rispettive stanze. Dopotutto noi non siamo del mestiere, ma solo volenterosi cittadini devoti alla giusta causa: medici, insegnanti e umili sacerdoti».

«Secondo me» ipotizzò Don Jinete «se lei è stato convocato, era senz'altro per vedere Inarte. Solo che, da ieri, quel valente giovanotto è alla 901. Esca e salga due piani, non può sbagliarsi. Dio la illumini e le mostri la via.» E porse l'anello che lo stranito Pedro, in virtù di un condizionamento mai del tutto estirpato, baciò con rispetto.

Giunto davanti alla stanza 901, Pedro la trovò sorprendentemente aperta. Dall'interno filtrava una voce giovanile, dal timbro quasi dolce, che apparteneva a un trentenne di bell'aspetto, sdraiato su un divano, il quale stava parlando nel microfono di un registratore: «Un affascinante pulviscolo materico, più che sonoro, creato dai legni, dagli archi e dalla… ehilà, cerca qualcuno, lei?»

Pedro, che si era timidamente affacciato sulla soglia, rispose spiegando per filo e per segno chi era e che cosa gli era accaduto nell'ultima ora e, onde prevenire ulteriori equivoci, terminò con una domanda: «È lei, il signor Ricardo Inarte?»

Il giovane aveva l'uniforme sbottonata e i pantaloni slacciati. Memore del proprio ruolo, scattò in piedi, si ricompose e disse: «In persona. Va bene, s'accomodi. E, già che c'è, chiuda la porta».

Pedro esaudì quella richiesta e poi, dietro indicazioni del paramilitare, s'accomodò a un tavolo sul quale giacevano matite, formulari, dossier e un telefono.

«Ah-ehm, stavo riepilogando le caratteristiche di un pezzo sinfonico di Edoardo Caceres per la mia lezione di dopodomani. Sì, Caceres, il nostro beneamato compositore nazionale. Lei lo conosce, vero? Un patriota che si è subito schierato dalla nostra parte, al contrario di molti altri artistucoli buoni solo a sputare nel piatto dove mangiano. Bene, glissiamo su questo punto. Mi diceva che il suo nome è Pedro Basquets, non è così? Vediamo un po' sulla lista dei nominativi. Ehm, qui devono ancora passare Begoña Urrego, Jorge Larrocha e... e no, nessun Basquets. No, lei non è nella mia lista. Possibile?»

Davanti a quello che sembrava l'ennesimo rimpallo, Pedro si sfogò.

«Che significa? Non mi dirà che io devo ancora recarmi in un'altra stanza? Che cos'è, una nuova forma di tortura? Ne ho abbastanza, se dovete farmi fuori, fatelo ora!»

Inarte, colpito da quella reazione esasperata, si schermì.

«Lo so, lei ha ragione e io mi scuso a nome del Comitato. Lei è stato indubbiamente convocato, ma da chi? È questo il busillis che...» Fu interrotto dallo squillo del telefono, ma esitò per qualche secondo, prima di sollevare il ricevitore.

«Pronto? Oh, è lei, Signore. Sì, è qui davanti a me. Tuttavia... come dice? Ah, capisco. Bene, in tal caso provvedo subito. Non dubiti, Signore. Buonanotte.»

Posò il ricevitore con riverente delicatezza e poi si rivolse a Pedro: «Lei è atteso all'ultimo piano, alla suite imperiale. Per cortesia, non prenda l'ascensore. Grazie per la collaborazione».

Pedro fu così nuovamente costretto a salire verso l'alto. Ormai più spossato che esulcerato, sul ciglio del penultimo piano si fermò per riprendere fiato. D'improvviso, udì qualcuno uscire da una porta; erano due crocerossine che trascinavano verso l'ascensore il corpo nudo di una donna, una mora molto alta, probabilmente svenuta.

Il convocato, dopo essersi appiattito contro il muro, riconobbe dall'altezza, da un'ustione sulla faccia subita in tenera età e dalla folta capigliatura rossa, Sebastiana Carrillo, la studentessa militante che divideva l'affitto di un appartamento con Magda. Mentre rabbrividiva al solo pensiero che la giovane amata potesse subire quei trattamenti così inumani, la porta dell'ascensore, davanti alla quale si erano posizionate le infermiere e la vittima, si aprì e apparve una donna magra, dai capelli castani e dall'aspetto spigoloso.

Pedro rivide così, dopo quasi un anno, la propria ex consorte, Elpidia, che con tono autoritario e larghi gesti esortò le due crocerossine: «Sbrigatevi, il camion sta per partire».

Il gruppetto entrò nell'ascensore, le cui porte si chiusero come fauci. Incredulo e traumatizzato, egli si disse: «Quella era Elpidia. Ma come... come è divenuta complice di questa mostruosità? Sarà senz'altro per quell'ebete fascistoide di Marcelo. Prima me l'ha rubata e poi l'ha plagiata, riplasmandole il cervello. Oh, che notte! Nulla, nulla mi viene risparmiato».

Definitivamente scosso, Pedro salì le scale mentre lamenti e grida contrappuntavano i suoi passi e straziavano le sue orecchie. Giunto all'ultimo piano, si diresse verso una porta socchiusa – l'unica esistente – dalla quale filtrava una luce giallastra. Intuì che quello era l'ingresso alla suite imperiale; lo raggiunse e fece per bussare, quando una voce lo invitò a entrare.

Pedro spalancò lentamente la porta e scorse un uomo alto e pelato che stava in piedi dietro una scrivania, posta vicino al balcone della suite. La scrivania in questione era relativamente modesta e stonava con il resto di quel raffinato ambiente, carico di mobili e quadri di pregio; con tutta probabilità era stata portata lì sopra per soddisfare le esigenze di quell'individuo.

Costui fece un ulteriore cenno a Pedro, un invito non cerimonioso né intimidatorio, quasi amichevole, presentandosi senza remore: «Mi chiamo Helenio Martìn Carvajal-Garranzo e sono a capo del Comitato di Igiene Pubblica. Avanti, si accomodi. L'attendevo con ansia».

Pedro si sentì quasi soffocare dalla paura. A convocarlo era stato il supremo capo del Comitato in persona e, se mai aveva avuto una speranza di salvezza, essa si poteva ormai considerare dileguata. «Sono perduto» si disse, mentre avanzava con la pesantezza d'animo di un condannato a morte, quasi incespicando sul prezioso tappeto steso davanti a lui. Quando fu abbastanza vicino da ampliare il campo visivo, notò che sul lato destro di quella stanza sedeva Pablo Satustregui; era più torvo che mai e teneva in mano un oggetto metallico.

Mentre incrociava quelle sottili fessure nereggianti di odio e disprezzo, udì dietro le spalle un grido stridulo ma penetrante e sobbalzò, girandosi di scatto. Vide allora, rinchiuso in una gabbia, un linguacciuto pappagallo dai colori vivaci.

La voce autoritaria ma non aggressiva di Carvajal-Garranzo lo rassicurò: «Non tema, signor Basquets. Quell'uccello – così mi hanno riferito – si chiama come lei, Pedro, e non credo abbia cattive intenzioni. Lo abbiamo "ereditato" con tutto il resto. Ma prego, venga qui fuori».

Pedro lo raggiunse sul balcone, per poi sentirsi dire: «Osservi che bella vista da quassù. Con lo sguardo si può abbracciare questa nostra cara, vecchia capitale, che noi abbiamo il dovere di salvaguardare e custodire, come il resto del Paese, da nemici esterni e interni. Lei non trova?»

Quella domanda non ebbe risposta. Lo sguardo di Pedro si era abbassato fino al selciato, sul quale era stata disegnata la sagoma di Arturo. Spaventato, serrò le palpebre e rinculò.

«Oh, vedo che qualcos'altro ha attirato la sua attenzione. Desolato. Ebbene, rientriamo pure.»

Poco dopo, si ritrovarono l'uno di fronte all'altro. Carvajal-Garranzo fissò Pedro a lungo, prima di aprire bocca.

«Lei si chiederà, legittimamente, perché l'abbiamo scomodata a quest'ora, tramite il buon Pablo Satustregui.» A quel nome, risuonò un colpo di tronchesi, vibrato dall'interessato per tagliarsi un'unghia delle mani; quel suono sinistro aumentò, se possibile, il disagio di Pedro.

«In pratica, la vorremmo sentire in qualità di persona informata su alcuni elementi, inequivocabilmente sovversivi, appartenenti a un Circolo che lei ben conosce. Una formalità, spero. E poi, soprattutto…» Il Capo del Comitato non completò subito la frase, lasciando che la suspense montasse e facendo anche balenare un sorriso sul proprio volto, prima di continuare: «Soprattutto, c'è un particolare da approfondire».

Un secondo taglio secco e deciso certificò la decapitazione di un'altra unghia. Sembrava che il viscido Pablo stesse procedendo lentamente, con la deliberata volontà di inzigare i nervi già tesi di Pedro, il quale incassò le spalle, aspettandosi il peggio.

Carvajal-Garranzo parve annotare quella reazione, prima di abbassare lo sguardo a trarre da un cassetto della scrivania un sacchettino di plastica, che poi buttò davanti a Pedro.

«Credo che il nostro Pablo le abbia dato un buon consiglio. Lei ha fatto bene a portare queste squisitezze e mi duole che Aparecio, zelante per quanto goloso, glieli abbia requisiti. Per fortuna, Pablo, quando è tornato indietro dalle cantine, s'è accorto che quel funzionario aveva abusato della propria posizione. Succede, quando gli uomini che si hanno sotto mano non sono tutti di prima scelta. Comunque, ho assaggiato qualcuno dei datteri superstiti e posso solo dire due parole: mi compiaccio.»

Pedro sgranò gli occhi, mormorò un «grazie», ma si scosse ancora al taglio di una terza unghia.

«Sa, Basquets, io avevo già avuto modo di assaggiare qualcosa da un buffet che la sua pregiata ditta aveva preparato in occasione di una cresima. Sì, era stato in casa dell'Ammiraglio Juan Lopez Kabalevskij e anche gli altri invitati avevano espresso il proprio apprezzamento.»

Pedro fu così rincuorato da quelle parole che il quarto colpo secco emesso dal tronchesino non lo turbò più di tanto. Si chiese se fosse possibile che la sua abilità culinaria potesse venirgli in aiuto, in quella triste circostanza e il capo del Comitato, almeno in apparenza, sembrò confermare quell'impressione con un tono più conciliante: «Sappia che a noi interessano quelle persone che si distinguono in ogni campo. Noi non vogliamo escludere, noi vogliamo includere, nel seno della Patria, tutti gli uomini e le donne che possono dare un qualsiasi contributo alla causa della Nazione. Chi ci critica non ci capisce; chi ci combatte, invece, ci capisce e, pertanto, ci teme».

Non appena ebbe pronunciato quelle parole, si alzò e continuò nelle propria disamina con elettrizzato fervore, mentre le iridi azzurre sembravano ardere di estasi. «Noi patrioti, civili e militari, non siamo disancorati dalla realtà del nostro Paese, come altri loschi individui che ho imparato a conoscere sin troppo bene. Individui tesi a servire ben altre cause che non quella della Patria, rappresentanti di una democrazia inconcludente che ha proposto un impasto di libertà e uguaglianza, per diffonderla tra una popolazione che non sa che farsene. Una democrazia che non è mai approdata alla risoluzione dei problemi e che ha fatto scempio della società grazie a false mitologie. È ora di cambiare marcia, affidando le sorti della Nazione a un governo conservatore per ciò che concerne l'ordine, ma già proiettato verso l'avvenire. Vede, Basquets, questo golpe, criticato e avversato anche all'estero, è stato certamente doloroso come un'amputazione, ma anche fecondo come un parto. Sta per nascere una gloriosa era per la

Patria, quella di divenire il faro dell'intero Continente. Certo, con vivo rammarico abbiamo dovuto adottare misure draconiane, ma la nostra missione era quella di trascinare il Paese in un'espiazione apocalittica, per molcirlo e purificarlo dai traditori, ponendo termine a quel disagio palpabile, a quella gabbia neppure troppo dorata nella quale ci aveva costretto la socialdemocrazia. Lo ammetto, talvolta si è trasceso ma, da buon esperto di cucina, lei mi insegna che non si fa una frittata senza rompere le uova. Non è così?»

Pedro ascoltò quell'omelia comiziale, impasto di mistagogie e ingenuità perverse, senza muovere un muscolo; anzi, fu così impressionato dal piglio dell'intellettuale da non essere più disturbato dal rumore del tronchesino o dal ciangottare del pappagallo.

Carvajal-Garranzo, intanto, continuava a parlare col fervore del fondamentalista, alternando pragmatismo cinico e visionarietà feroce.

«Niente deve fiaccare l'impeto della nostra rivoluzione, caro Basquets! Niente e nessuno. Tuttavia, non siamo angeli vendicatori che agiscono senza il sostegno della gente comune; al contrario, noi vogliamo che il popolo sia consapevole della nostra missione e compartecipe nell'abbattimento dell'abiezione socialdemocratica, colpevole del deplorevole incesto tra le classi sociali che ci ha destabilizzato!»

In quell'istante, Satustregui si tagliò l'ultima unghia. Carvajal-Garranzo, come se quel rumore particolarmente secco fosse stato un segnale, smise di parlare e spostò le sue mani verso un oggetto, posto sul lato sinistro della scrivania, un pendolo di Newton.

Il poeta lo mise in funzione con un gesto rapido e, non appena le palline iniziarono a scontrasi con un ticchettio metallico, volse lo sguardo, non più infervorato ma benevolo, verso il convocato.

«Lei lo sa bene, Basquets, ormai il Paese era allo stremo e noi ci siamo accollati lo sforzo di trarlo dal gorgo autolesionista, integralista e vittimista nel quale era precipitato. Tuttavia, il nostro compito non è terminato; restano nidi di dissidenti e gruppuscoli di cospiratori, singoli idealisti sbandati, più o meno consapevoli di ciò che fanno. Oppure sognatori a occhi aperti. Sì, sognatori, come lei. Che cosa può aver spinto un uomo onesto, lavoratore e cittadino responsabile, a impegolarsi con personaggi così distanti dalla propria sfera sociale, se non un malinteso senso dell'idealismo? Io ho questa sensazione, non epidermica, anche se non la conosco certamente a fondo: lei è malato di un idealismo, dovuto al suo amore per la poesia, un amore che, come ben saprà, condividiamo. Io la comprendo, sa? Però non la giustifico e, affinché lei possa tornare nel seno della Nazione, temo che lei debba in qualche modo redimersi. Come?»

Fece una pausa, calcolata, lasciando che il ticchettio del pendolo, sempre più intenso, riempisse il silenzio; poi, mentre il bel volto austero veniva attraversato da un guizzo, estrasse un foglio da un fascicolo sulla scrivania e lo porse a Pedro.

«La risposta è semplice: tornando alla nostra richiesta di informazioni, da me accennata all'inizio di questo nostro incontro. Sappia che, in questo edificio, si trovano già diversi uomini e donne che frequentavano il Circolo Ortega. Alcuni di questi personaggi le saranno noti e, di questi, solo due ci sono sfuggiti, pesci non troppo piccoli i cui nomi le risulteranno familiari. E noi gradiremmo la sua collaborazione.»

Pedro prese il foglio in mano e sbiancò quando lesse i nomi di Magda e Claudio, salvo arrossire violentemente quando udì le parole di Carvajal-Garranzo. «Vogliamo sapere dove si trovano e ottenere le indicazioni in merito, debitamente firmate. Adesso esco per dieci minuti e lei potrà riflettere con calma.» Detto ciò, uscì a passo svelto dalla suite, lasciando il convocato a macerarsi nei dubbi, contrappuntati dal ticchettio snervante e dagli occasionali versi del pappagallo.

Tremebondo, Pedro fece una lenta torsione e incontrò le fessure glaciali degli occhi di Pablo, che lo fissavano come se fosse una preda da sbranare. Allora ritornò con lo sguardo sui nomi dei due amici, prima di alzarlo verso la porta del balcone, ancora aperta. Che cosa gli sarebbe potuto capitare? Lo avrebbero scaraventato giù dal balcone? Lo avrebbero imprigionato e sottoposto a torture? In ogni caso, sarebbe stata la sua rovina; come piccolo imprenditore era segnato, finito. Era sempre stato un lavoratore scrupoloso e rispettoso della legge, eppure adesso si ritrovava in una incresciosa situazione. S'arrovellò in patimenti infiniti, immaginando le sevizie che lo attendevano. Eroso da quella persecuzione psicologica, concluse che, forse, sarebbe stato meglio abbreviare l'agonia, seguendo l'esempio di Arturo. «Buttarmi? Quella finestra aperta è un invito a farlo? No, non potrei mai, io che soffro di vertigini. No, è più forte di me. Non posso buttarmi.»

Si mise le mani sulla faccia, disperato. Poi le tolse; forse poteva davvero salvarsi. Lui sapeva dove si trovavano Magda e Claudio: erano entrambi nella cantina della sua azienda alimentare, spaventati ma ben nutriti e, soprattutto, colmi di fiducia nei confronti del loro amico, l'unico rimastogli. Eppure, ora che si dibatteva in quel ginepraio, egli sentì di odiarli; era per una sciocca infatuazione non corrisposta e un anacronistico senso di cavalleria che lui si trovava a combattere forze così potenti. Li maledisse entrambi e si maledisse per la propria, patetica dabbenaggine romantica e idealista, nonché per l'innata codardia.

Lo sgocciolio metallico del pendolo lo assillava non meno delle occhiate appuntite come pugnali, che Satrustegui stava indirizzando verso la sua schiena, e i suoni non intellegibili – intercalati da una risatina sommessa, quasi umana – emessi dall'uccello. D'improvviso, si udì un urlo agghiacciante provenire dalla strada, seguito da qualche sparo e dal tonfo di qualcosa che cadeva sull'asfalto. Satrustegui s'alzò e uscì sul balcone. Ci mise un po' a rientrare.

«Un prigioniero ha cercato di fuggire mentre veniva fatto salire su un furgone. Lo hanno freddato. Peggio per lui; anzi, a pensarci bene, meglio per lui.»

L'immondo figuro condì quel commento con il sorriso impertinente tipico di chi può perpetrare delle nefandezze nella più smaccata impunità. Dopodiché, in tono sarcastico quanto solenne, aggiunse: «Bene, mi assento anch'io per qualche minuto. Un bisogno naturale».

Per Pedro, ormai a pezzi, fu il momento decisivo. La mano gli tremò quando, esitante, prese la prima penna che trovò sulla scrivania e mise su carta il nascondiglio dei due ricercati. Alla luce della lampada, notò che l'inchiostro era denso e vermiglio.

Due ore più tardi, grazie a un ordine del capo supremo del Comitato, era libero di andarsene.

Passò a riprendere chiavi e portafoglio dove li aveva lasciati e si diresse a casa, evitando accuratamente di calpestare le sagome dei cadaveri rimossi. Ormai albeggiava, anche se l'aria del mattino era ancora frizzante. Si mise le mani in tasca e alzò il bavero. Era libero e, cosa non meno importante, Carvajal-Garranzo si era complimentato per la sua «decisione da figliol prodigo», dicendogli anche di tenersi pronto a preparare il buffet per un importante evento, da tenersi di lì a tre giorni, proprio nella residenza del poeta macellaio.

L'inatteso premio per la collaborazione fornita era già passato in secondo piano. Si concentrò su quanto aveva fatto, nella morsa di minacce e blandizie che gli erano state ventilate, ma s'accorse di non sentire alcun rimorso, almeno non tanto quanto egli avrebbe sospettato solo qualche ora prima di quella drammatica convocazione. «Dopotutto» si disse «chi mi garantisce che loro, al posto mio, non avrebbero fatto altrettanto? Chi sono io? Un eroe, forse? No, sono solo un cittadino comune che è stato coinvolto in una storia troppo grande, per essere gestita in modo indolore. Non dovevo niente a Claudio e Magda, niente. Ho avuto paura? E chi non ne avrebbe avuta al mio posto? La combattiva Magda? O il focoso Claudio? Tutti e due determinati e coraggiosi, ma a parole.»

Cercò di razionalizzare con una semplice constatazione di fatto; lui non avrebbe retto le torture e loro sarebbero stati comunque scoperti. E allora, tanto valeva salvare la cotenna e la professione. «Ho fatto la cosa giusta» si disse, freddo come avrebbe potuto esserlo un pesce morto.

Nessun pentimento si era materializzato nel suo cuore, semmai una scomoda ammissione: il suo amore per Magda aveva ceduto di fronte a una meschina volontà di sopravvivenza. Uno smacco per chi, come lui, riteneva di avere un animo quanto meno disinteressato, se non nobile.

Represse le residue ubbie, rientrò a casa e si mise a letto. Non sarebbe andato a lavorare quel giorno. Qualcuno era già stato chiamato a prelevare i due ricercati e aveva ricevuto l'ordine di introdursi nell'esercizio di Pedro con la forza, uno stratagemma «per salvare le apparenze», come gli aveva garantito il poeta assassino dai modi squisiti, il galantuomo Carvajal-Garranzo. A lui, il mattino seguente, sarebbe toccato ripulire e ripartire, come se niente fosse successo.

Fu dunque tre giorni più tardi che la nuova, importante commissione ottenuta da Pedro venne consegnata all'ultimo piano di Palazzo Suarez, prestigiosa casa in stile liberty ubicata nel centro della capitale. Lo stesso titolare del servizio catering, dietro invito di Carvajal-Garranzo, era stato chiamato a prendere parte a quella celebrazione per l'insediamento del nuovo governo, alla quale sarebbero convenute personalità civili e militari di grande rilievo.

Pedro non poteva certo rifiutare un tale invito. Giunto davanti all'imponente Palazzo Suarez, infilò senza esitare il portone centrale e si presentò al portinaio, un tipo molto solerte.

«Il Signor Basquets? Sì, lei è atteso. Mi duole, ma pochi minuti fa deve essere successo qualcosa all'ascensore: si è bloccato e ho chiamato la manutenzione. Da quanto ho capito, temo che ci vorrà un po' prima che il problema venga risolto e, pertanto, dovrebbe salire a piedi. Desolato.»

Dunque, lo aspettava una salita di ben nove piani. La scala del palazzo era di marmo, a spirale, e, vedendola, Pedro ne restò ammirato, ancorché intimorito. Era impressionante, non tanto nelle dimensioni quanto nella sensazione, nemmeno troppo astratta, che donava la sua prospettiva. Era come se la scala volesse risucchiare chi la osservava in un vortice senza inizio né fine.

Salì. Quando fu circa a metà della scala, Pedro constatò a sue spese che quello stesso senso di vertiginoso annichilimento dell'occhio e del cervello valeva anche se si guardava in basso. Ebbe perfino un mancamento e si appoggiò al muro, con le orecchie che risuonavano di lamenti appena attutiti, gli stessi che aveva udito all'hotel. Chiuse gli occhi e rimase in quella posizione per un tempo indefinito, prima di udire una voce.

«Ehilà, Basquets, si sente bene?»

Pedro spalancò di colpo le palpebre, come se avesse ricevuto una frustata. Vide davanti a lui Pablo Satustregui, ma faticò a riconoscerlo perché l'uomo, privo del cappello, ostentava una pelata appena ricoperta da un riporto unto di brillantina e vestiva una giacca di velluto marrone, sulla quale spiccava la spilletta del Partito.

«Sì, sì. Io… ho avuto un capogiro» ammise, anche se sapeva bene che da giorni era spossato da un torpore insistente che gli aveva causato altre noie simili. Si era perfino chiesto se avesse iniziato a introiettare dei complessi di colpa, dopo lo scampato pericolo.

«No, dico, non vorrà rinunciare a quest'onore per un semplice malessere? Animo, la sosterrò io.»

Detto fatto, lo sgherro afferrò Pedro per il braccio e lo aiutò a salire le scale. Giunti che furono all'ultimo piano – interamente di proprietà di Carvajal-Garranzo e della sua consorte, Adriana Ibarragochea, figlia del Capo dell'Aviazione – Satrustegui fermò Pedro, lo fissò e gli disse: «Non crede che manchi qualcosa? Ecco, tenga. Per fortuna ne porto sempre una in tasca». E gli appuntò sulla giacca una spilletta identica alla propria. «Ecco, adesso sì che è uno di noi.» Nel compiere quel gesto, investì con un alito addirittura latrineo la faccia dello scombinato Pedro.

Poi, entrambi si avviarono alla porta d'ingresso, lasciata appena accostata per permettere agli ospiti, che arrivavano man mano, di entrare senza troppe cerimonie. In effetti, lì dentro stava avendo luogo un affollato ricevimento. Senatori, ufficiali, paramilitari e intellettuali di destra, spesso con le relative consorti o amanti, si erano radunati in piccoli gruppi e ciarlavano tra di loro, mentre una piccola orchestra jazz, diretta da un Inarte tonico e pimpante, forniva un sottofondo sonoro amabile e non troppo invadente.

Pedro, da subito, si sentì fuori luogo e la prima sensazione che lo colpì fu puramente olfattiva: le sue narici captarono afrori, balsami, profumi, effluvi, olezzi mischiati tra di loro. Eppure, c'era un qualcosa di indolico nell'aria, una punta di odore che sembrava rivelasse la presenza di un miasma putrescente. L'effetto lo intorpidì, mentre le sue orecchie furono invase da rivoli di chiacchiericci sparsi e la vista gli s'impastò in un vortice di colori rutilanti che parevano addirittura tangibili.

Per un attimo, gli parve che tutto gli stesse girando attorno all'impazzata e arrivò a credere che si stesse per annullare in ciò che vedeva, sentiva e odorava, quando qualcuno lo chiamò per nome, obbligandolo a voltarsi. «Pedro, ma allora è vero. Sei proprio tu!»

A parlare era stata Elpidia, che vestiva un elegante abito bianco e stava appoggiata alla spalla di Marcelo; costui, azzimato a dovere per la circostanza, come di consueto dardeggiò delle occhiate sprezzanti a Pedro, mentre la donna continuava a parlare: «Complimenti. Ho saputo che hai fatto la scelta giusta. Finalmente avrai capito anche tu dove sta la verità».

Sebbene contrariato da quell'incontro, Pedro fece buon viso a cattivo gioco. Elpidia gli rivelò, con il massimo orgoglio, come lei avesse aderito subito al Nuovo Ordine, prestandosi anche al lavoro sporco. Il suo ex marito trovò solo la forza di annuire e, a salvarlo dall'impaccio, provvide un volto familiare, seppur sgradevole, quello di Estrela O'Leary, che si avvicinò a Elpidia, schioccandole un bacio sulla guancia e attirandone l'attenzione.

Elpidia presentò poi l'ex marito a Estrela, senza che l'aguzzina, vestita in alta uniforme e carica e lustra di decorazioni, lo riconoscesse. Prima di svignarsela, Pedro attese che le due amiche e Marcelo si concentrassero su quanto avevano da dirsi. Pochi secondi dopo, biascicò una scusa e si staccò dal gruppetto, quasi di soppiatto, ma i tre già non gli prestavano più attenzione.

Stomacato, si diresse verso la tavolata del buffet. Fu proprio davanti alle cibarie che una parte di lui volle immaginarsi nei panni del vendicatore. Indugiò, con voluttà feroce, sulla fantasia di avvelenare l'intero consesso, vendicando con un'intuizione letale tutte le vittime del golpe. Vide, nel proprio cervello, tutti gli invitati contorcersi fra spasmi indicibili e morire invocando inutilmente aiuto. Allora si sentì riabilitato ai propri occhi, come se avesse compiuto una missione purificatrice.

Poi, fatalmente, questa fantasia da piccolo mitomane evaporò nella collisione con la squallida realtà; al momento opportuno, lui era stato chiamato a una prova di coraggio e aveva fallito ignobilmente. «Eppure» ammise, nauseato da se stesso e dalle sue fantasticherie compensatorie «non è stato solo per codardia che li ho denunciati, bensì per gelosia. Non sopportavo che quei due stessero insieme. Sì, la mia scelta non è stata solo dettata dalla volontà di sopravvivere.»

Come un sonnambulo, annaspò per un momento tra gioielli, abiti scollati, smoking e uniformi dai colori smaglianti, per poi ritrovarsi nella parte della grande sala dove il padrone di casa stava intrattenendo alcuni alti ufficiali. Fece in tempo a cogliere un brano della conversazione, qualcosa come «non tolleriamo alcuna intromissione esterna», prima che la sua modesta presenza fosse rilevata. Fu lo stesso Carvajal-Garranzo che lo chiamò a sé.

«Venga, carissimo, venga. Si faccia avanti, non abbia timore. Signori ufficiali, vi presento l'uomo di cui vi parlavo poc'anzi.»

A Pedro vennero presentati due giovani colonnelli, già lievemente alticci, un ammiraglio pelato come una palla da biliardo dalla risata squillante – il tale Kabalevskij che la sua azienda di catering aveva già servito in passato – e un voluminoso e attempato politicante, affetto da evidente rotacismo.

Prodigalmente, Carvajal-Garranzo ritenne Pedro degno di qualche parola.

«Signori, ecco l'uomo che ha impreziosito questo nostro ricevimento con delizie sopraffine. Lasci che mi congratuli, Basquets. Mi felicito perché a quest'ora avrà capito che anche persone semplici come lei possono dare il loro seppur piccolo contributo al Paese, con professionalità e competenza. Le esprimo i complimenti più sinceri per la sua abilità e per il suo coraggio.»

«Bravo, bene, così. Tutti uniti fino alla vittoria!» tuonò il politicante, prima di digerire con fragore.

Pedro cercò di restare impassibile mentre l'ospite, disperdendo delle briciole con il palmo della mano, gli dedicava altre parole.

«Costui ha preso coscienziosamente atto dei propri errori ed è riuscito a rimediare prima che fosse troppo tardi. E ora eccolo qui con noi, a festeggiare; anzi, approfittando della nostra comune passione per la poesia, adesso gli chiederei di recitare qualcosa per noi. Un'ode composta per l'occasione, giusto, caro Basquets?»

Pedro assentì. Nella sua tasca destra, infatti, c'era un'ode che egli aveva composto la sera precedente, su invito telefonico dello stesso Carvajal-Garranzo, quasi un piccolo tributo per esprimere gratitudine, se non fedeltà, al Partito.

«E ora, vediamo se il suo estro gastronomico sarà superato da quello poetico!» esclamò il padrone di casa. Venne formato un piccolo cerchio, entro il quale Pedro prese posto. Si diresse verso il tavolo del buffet, vicino al quale era stata piazzata una gabbietta con il pappagallo dell'hotel, quello che portava il suo stesso nome. Proprio per tale motivo, dapprima Pedro pensò a uno scherzo di cattivo gusto nei suoi confronti, ma il poeta, avendo in qualche modo intuito un certo imbarazzo da parte sua, si sentì in dovere di avvicinarsi a lui e specificare che l'uccello in questione era stato "adottato" dalla moglie, visto che il direttore dell'albergo era riparato all'estero.

Pedro si schiarì la voce e si guardò attorno. Incontrò lo sguardo languido e vagamente allucinato di una bionda cotonata, una straniera che fumava da un lunghissimo bocchino; aveva un'aria risoluta e sprezzante. Vicino a lei, si era sistemato il sorriso comprensivo e un po' ebete di Don Jinete.

Magnati esteri provenienti da altri emisferi, alti ufficiali e paramilitari lo fissavano con curiosità, mentre il gloglottio delle dame più anziane si spegneva e lo stesso Carvajal-Garranzo invitava gli ospiti più restii al silenzio a tacere. Con voce anodina e inespressiva, Pedro cominciò a declamare i propri versi. Le parole gli uscivano dalla bocca senza che lui nemmeno le udisse e le pupille, ogni tanto, sostavano su qualche bargiglio, qualche parrucchino o qualche monocolo schierati attorno alla sua persona come un plotone d'esecuzione.

Mentre la recitazione proseguiva, la mano sinistra – facendo un gesto per sottolineare un passaggio drammatico – incocciò in qualcosa di gelido. Pedro si voltò, spalancò gli occhi e subito un diaccio formicolio del corpo si face strada dentro di lui. Incredulo, vide due paia di piedi nudi, appartenenti rispettivamente a un uomo e a una donna; lo sguardo scivolò lungo le linee rette che, da quegli arti, formavano due corpi immobili, quelli di Claudio e Magda.

Il foglio su cui era scritta l'ode gli cadde di mano, mentre una viscosa ripugnanza lo investiva. Quei due cadaveri, che ci facevano lì? Non riusciva a capacitarsene e, di colpo, si sentì protagonista involontario di un incubo delirante, non diverso da quello di tre notti addietro.

Intanto, tra gli astanti, lo sconcerto si tradusse in un borbottio incontrollato. Carvajal-Garranzo si irrigidì in una postura da soldato pronto alla lotta, mentre le narici di sua moglie iniziarono a fremere. Pedro, dal canto suo, boccheggiò indicando con un dito il tavolo. Don Jinete fu il primo a chiedere: «Ma che sta facendo? Sembra che abbia visto qualcosa».

«Forse dei cadaveri appena sfornati» celiò l'ammiraglio, senza immaginare di averci preso.

Nel frattempo, la nausea di Pedro crebbe come un vulcano in eruzione: una contrazione involontaria del suo stomaco e un conato improvviso annunciarono la crisi emetica, che fu devastante e culminò in una pozza giallastra, generosamente riversata in mezzo alla sala. Davanti a quello spettacolo, i gridolini delle signore trillarono alti e acuti come violini. Qualcuno esclamò un «Aiutatelo, si sente male» e un diplomatico straniero, dal labbro inferiore cascante, commentò con acidità: «Che scandaloso omuncolo!»

Ma le reazioni si stavano già diversificando. Il pappagallo iniziò a ripetere gli ultimi versi che Pedro aveva recitato, facendo sghignazzare una grassa signora originaria di Baltimora, la cui pappagorgia tremò dallo sforzo come un budino. Quella risata si espanse come un incendio in mezzo ai campi di grano, coinvolgendo tutti i presenti, con l'ovvia eccezione di un irritato Carvajal-Garranzo e un accigliato Don Jinete. Intanto, già si susseguivano i primi commenti, tra i quali risuonò un sarcastico: «I versi ti sono andati… di traverso, poeta?»

Ma Pedro non era in grado di rispondere. Continuò a rigettare l'impossibile, schizzando abiti ricercati e gioie costosissime, sollevando, oltre all'ilarità, anche l'indignazione di chi era stato insozzato dal suo vomito. Disperato, colse tra la folla il volto della ex moglie, che scuoteva il capo con disapprovazione, e il grugno divertito di Satrustegui, che masticava una tartina.

Fu in quel momento che comprese una verità incontrovertibile: quelle risate lo straziavano, quei commenti lo infilzavano, quegli sguardi lo incenerivano perché gli rammentavano la sua indegnità di traditore, di omuncolo che aveva venduto i propri amici. Si tolse la spilla del partito e la gettò a terra. Il vomito cessò, ma non la sensazione di onta non riscattabile che lo attanagliava.

In preda a un'incontrollabile frenesia, per sottrarsi agli improperi, alle risate, agli applausi ironici e ai commenti beffardi, crepitanti come sonagli, e per sfuggire alla vergogna della sua *défaillance* fisica e morale, non gli restò che correre a rotta di collo fuori dalla stanza.

In men che non si dica, Pedro lasciò i lussuosi appartamenti di Carvajal-Garranzo e, urlando, si precipitò a rincorrere una salvezza impossibile, lontano da quegli strepiti impietosi e da quella disapprovazione generale che sconfinava nel disprezzo per lui, piccolo rinnegato.

Giunto sul pianerottolo, il suo grido si cristallizzò in un atto irrimediabile, mentre cercava invano di fuggire dalla propria colpa scaraventandosi nel vuoto spiraliforme che si avvitava su se stesso, consolante e pauroso come un sogno senza risveglio.

La zuppa del diavolo

Per quanto Ilie Monescu alle delusioni ci avesse ormai fatto il callo, quella gelida sera di febbraio la misura gli parve colma. Per l'ennesima volta, a una sua trasposizione cinematografica era stata preferita quella del collega e rivale, Vlad Ducadam, e così gli era toccato inghiottire un nuovo boccone amaro.

In preda a un rabbioso sconforto, Ilie vagò per ore sulle strade innevate, scervellandosi sui motivi del nuovo fallimento. Errò per quartieri sconosciuti o quanto meno resi irriconoscibili dal sudario bianco e soffice che li ricopriva (o forse dallo stordimento etilico che lo aveva colto dopo aver affogato la delusione nell'alcol) camminando a passo strascicato, come un automa, e biascicando il proprio rancore: «Sono l'indiscusso numero due della letteratura fantastica in Romania, dietro a quel damerino, eppure preferirei di gran lunga essere l'ultimo. Sarebbe meno umiliante. Quanto lo odio! Che cosa ha più di me, a parte il fatto di essere biondo, bello, colto e raffinato e saper leccare le scarpe giuste? Il talento, ecco che cosa! Se io ho una idea buona lui, immancabilmente, ne tira fuori una migliore!»

Proprio così; per qualche indecifrabile motivo, quando Ilie scriveva una storia per un editore o per un regista, su soggetto originale o meno, ecco che il concorrente ne presentava una versione propria, spesso con un intreccio analogo ma assai più convincente. Sembrava che Ducadam conoscesse in anticipo le sue trame e le sviluppasse meglio e questa situazione frustrante si ripeteva inesorabilmente, come se una predestinazione malevola e implacabile avesse segnato il povero Ilie, il quale aveva pertanto sviluppato un bilioso complesso di inferiorità.

Non che i due fossero dei giganti letterari – tutt'altro – ma una certa fama di nicchia se l'erano pure guadagnata, tanto da attrarre anche l'attenzione di produttori cinematografici esteri. Tuttavia, solo a Ducadam la sorte aveva arriso in pieno, mentre il suo collega si macerava nello sconforto.

A un certo punto, il frustrato Ilie si fermò perché s'accorse di essersi smarrito. Non riusciva più a orientarsi nella coltre immacolata che avvolgeva la città. Per un istante, breve ma intenso, si convinse di essere sempre stato destinato all'oblio e che, pertanto, quella desolazione urbana si confacesse alla sua situazione esistenziale; poi si scosse e proseguì.

Poco dopo, oltrepassò un ponte in pietra dall'aspetto antichissimo, quasi un corpo estraneo rispetto al contesto circostante. Dopo aver percorso qualche metro, intravide il proprio riflesso nella vetrina di un piccolo ristorante sulla quale campeggiava la scritta «Da Pokol, cucina regionale». Sull'insegna del locale, che ondeggiava cigolante a qualche metro dal suolo, era dipinta a colori vivaci la caricatura di un diavoletto con un cosciotto infilzato nel forcone.

«Uhm, la parola Pokol non mi suona affatto nuova» si disse Ilie. Incuriosito, sbirciò all'interno della vetrina, ma senza scorgere alcunché; in quella, un brontolio dello stomaco gli rammentò che egli, distratto dalla sua invidia irosa, quella sera non aveva ancora mangiato.

Fece una smorfia, rimuginò sull'idea di cenare a un'ora così tarda e poi si disse: «E che cavolo, meglio mettere qualcosa in pancia, dopotutto. Non mi sembra un ristorante troppo pretenzioso e dunque dovrebbe essere a portata del mio portafoglio».

Entrò. L'interno del locale, caldo e confortevole, fu un toccasana dopo il gelo notturno, benché le mura di quell'ambiente, inondato da una suggestiva penombra, fossero stranamente spoglie. I tavoli e le sedie si contavano sulle dita di una mano, ma poco importava giacché, a parte lui, non c'erano altri avventori. Pertanto, egli s'accomodò e attese.

Nel giro di pochi secondi, comparve un cameriere alto e slanciato, vestito di nero, i cui folti e lisci capelli scuri erano innaturalmente lucenti. Costui, con portamento risoluto, si avvicinò al cliente sguainando un sorriso di cortesia che, lungi dal rassicurare, intimoriva. «Buonasera, Signore» disse in tono solenne «e benvenuto nel nostro ristorante.»

La voce dell'individuo vibrò curiosamente nell'aria e attraversò il corpo dello scrittore come una scossa elettrica. Ilie, colpito dall'aspetto e dal timbro del cameriere – nonché dallo sfolgorio dei suoi occhi – s'imbambolò e ci mise un po' a realizzare dov'era e che cosa voleva. Quando ci riuscì, tossicchiò e disse: «Ehm, sì, buonasera. Io vorrei cenare, se è ancora possibile».

Il cameriere si inchinò lievemente. Ilie interpretò quel gesto come un cenno di assenso. «È questo il menù? Ah, sì, grazie. Bene, allora, vediamo un po'. Uhm, i canonici *ficat*, *mititei*, *impletata* e molte specialità carpatiche, vedo. Non è che mi garbino molto. Ehi, e questa zuppa della casa? Com'è?»

«Se il signore me lo consente, gliela consiglio. È una nostra specialità fatta con erba cipollina, funghi, manzo a dadini, patate e coriandolo. Molto indicata in questa stagione.»

«Per me va bene. Ah, e mi porti anche una bottiglia di...»

Non riuscì a finire la frase che il cameriere era già sparito. «Ehi, ma dove è andato?»

In effetti, sembrava che l'uomo fosse stato ingoiato dal nulla. «Disgraziato!» pensò Ilie. «È schizzato via come se dovesse servire chissà quanti altri clienti. Ma quando torna gliene dico quattro, garantito.»

Non aveva ancora finito di pensare quelle parole che l'entrata del ristorante si spalancò e un uomo fece il proprio ingresso. Era di aspetto dimesso, mal vestito, con una sciarpa lunga e lasca gettata attorno al collo; inoltre, aveva una barba ispida, capelli corti ma arruffati e uno sguardo allucinato. Senza nemmeno badare a Ilie, si diresse con passo malfermo verso una sedia posizionata in fondo alla sala, vicino a un orologio a pendolo, come se quello fosse stato il suo posto personale, assegnatogli da sempre. Dopodiché, si sedette a fianco dell'orologio, con aria stravolta.

Sulle prime, a Ilie il nuovo arrivato parve un personaggio uscito da chissà quale trama di terz'ordine, ma poi lo sguardo perso nel vuoto di quell'uomo lo attirò così tanto che non si accorse del cameriere, piazzatosi nel frattempo dietro di lui con il piatto di zuppa. «Ehilà, già pronta? Bene, grazie, però manca ancora… ehi, se n'è andato di nuovo!»

Stavolta, il fulmineo cameriere non monopolizzò la sua attenzione; si era infatti accorto che lo sconosciuto gli stava gettando delle occhiate in tralice, proprio mentre la pendola batteva le 11.55. Tale atteggiamento non piacque a Ilie. «Che vuole? Perché mi fissa così? Ah, che gente!»

Decise di non badarci e dedicare la propria attenzione alla zuppa, il cui aroma era davvero invitante, ma quando stava per immergervi il cucchiaio, il nuovo arrivato si staccò dal fondo e si diresse con decisione verso l'unico cliente del ristorante, prendendo una sedia da un altro tavolo e accomodandosi davanti a lui, come se fosse stato un vecchio conoscente.

Ilie sussultò ma non disse nulla, concludendo tra sé che quel tipo fosse un mendicante. «Ho capito. Questo mi vuole scucire qualche spicciolo per una grappa. E ti pareva!»

«Scusi, ha un minuto?» La voce dell'uomo suonava profonda e dignitosa, quasi melanconica, e Ilie si sentì in dovere di dargli retta. «Dica pure.»

L'uomo ringraziò con un cenno del capo e disse: «Mi chiamo Andrei Cioran e sono… ma no, che importanza ha chi sono. Se mi permetto di disturbare un gentiluomo mentre mangia è perché…»

«Va bene» l'interruppe Ilie. «Ecco qua. Spero che basti per il bicchiere della staffa. Arrivederci.»

«No, no, non è quello che sono venuto a chiedere. Anzi, sono venuto a proporre uno… uno scambio. Ecco» disse togliendo qualcosa dalla tasca. «Io sono pronto a cedere qualcosa per una cucchiaiata della sua zuppa.»

Ilie quasi non credette alle proprie orecchie. «Come dice, prego?»

«Sì, una semplice cucchiaiata della zuppa che le hanno appena portato. Non chiedo altro e, in cambio, sono disposto a dare questo» affermò, posando sul tavolo uno strano oggetto.

All'apparenza si trattava di un taccuino, solo che non era rivestito in pelle, bensì in legno, e per giunta risultava abbellito da strani simboli che gli conferivano una certa attrattiva.

Ilie, frastornato, lo prese in mano e scoprì che era leggero come una piuma. L'aprì; conteneva una sola, bianchissima pagina e, pertanto, non poteva certo definirsi un taccuino, semmai un ninnolo curioso, magari da usare come fermacarte. «Uh, carino, non c'è dubbio. Ma non credo di essere interessato. Vediamo un po', se trovo un'altra moneta potrà chiedere al cameriere una scodella di brodo caldo.»

«No, no, no! Non voglio altro che assaggiare la sua zuppa. Solo questo!» gridò l'uomo che, di colpo, s'era fatto agitato e nervoso e che, da qualche secondo, a cadenza regolare, si girava verso l'orologio dietro le sue spalle, torcendosi le mani.

Ilie non sapeva più che fare; da un lato, l'insistenza dell'individuo gli appariva alquanto inspiegabile, specie di fronte all'offerta di denaro ma, dall'altro, provava curiosità per quel singolare comportamento. Se davvero l'uomo lo aveva agganciato con la patetica storia del cucchiaio di zuppa per commuoverlo e spillargli dei soldi, perché perseverava nella commedia dopo essere stato accontentato? E perché in cambio gli offriva quello strano oggetto non richiesto?

«La prego!» La voce di Cioran adesso suonava al contempo querula e minacciosa, come se per lui il tempo stringesse.

Ilie rifletté per un secondo, poi si disse: «Oh, chi se ne frega, mal che vada chiederò al cameriere di cambiarmi il cucchiaio». E, senza proferir verbo, allungò il piatto verso il tremante Cioran, il cui sguardo si fece da supplichevole a speranzoso e il cui volto incupito s'illuminò di un sorriso non appena Ilie gli porse il cucchiaio. Appena lo ebbe afferrato, lo tuffò nella zuppa densa e dopo una breve esitazione, come se dovesse assaporare mentalmente un istante tanto agognato, ne ingoiò il contenuto.

Giusto in quel momento, scoccò la mezzanotte. Cioran chiuse gli occhi e si appoggiò allo schienale, sperimentando, con ogni probabilità, una sensazione indicibile. Poi li riaprì e disse: «Grazie, fratello di sventura. E ora sta a te. Tieniti il taccuino e che la sorte ti assista!»

Si alzò, non più disperato bensì imbaldanzito, e corse all'uscita, ridacchiando e gridando con tono quasi derisorio: «Che la fortuna sia con te! Ah, ah, ah!»

Una volta uscito l'uomo, Ilie tirò un sospiro di sollievo: «Che razza di individuo! Doveva proprio essere ubriaco. Tu guarda un po' chi mi doveva capitare, a coronamento della giornata!»

Ma quando ritornò con lo sguardo sul piatto di zuppa, s'accorse che questo non c'era più. Anche il taccuino era sparito. Li cercò sopra, sotto e attorno al tavolo ma senza trovarli. «Strano. Che quel tipo me li abbia sottratti davanti agli occhi? No, non è possibile!»

Fu allora che notò il cameriere in piedi, vicino a lui. Gli chiese: «Dica, ha visto quel tipo balordo?»

Il cameriere, senza scomporsi, replicò: «Certo che l'ho visto, Ilie. E lo conosco anche bene. Quello era il Signor Cioran, che ora è sgravato dalla maledizione».

«Ah, bene, allora avrà certamen… ehi, io non le ho mica detto come mi chiamo! Come fa a…»

«Il tuo nome io l'ho sempre saputo e so anche quali sono i tuoi crucci da piccolo uomo. Potrei anche affermare di conoscerti meglio di quanto tu non ti conosca, ma questi sono solo dettagli. Ciò che mi importa è la tua mente, ovvero la tua anima.»

Ilie ammutolì. Dapprima pensò a una battuta di cattivo gusto, poi ripiegò sull'idea di un effetto collaterale dovuto alle abbondanti dosi di *palinka*; infine si pizzicò e, constatata come la fisicità e la concretezza del suo corpo fossero innegabili, iniziò a sbraitare: «Ascolta, amico, non so chi tu sia o chi tu voglia rappresentare, ma ho avuto una giornataccia e...»

«Non alterarti, Ilie. Se avrai la bontà di guardare nella tasca interna del tuo cappotto, troverai qualcosa di interessante.»

La rabbia dello sceneggiatore si spense, anche perché qualcosa aveva effettivamente iniziato a pulsare proprio nella tasca interna del suo cappotto. Vi infilò la mano e, con stupore, ne estrasse l'oggetto di Cioran.

«Aprilo, Ilie!»

Tremante, obbedì al perentorio ordine, trovando un curioso messaggio: «*Rieccoti, carissimo*».

Cacciò un urlo e lasciò cadere il taccuino sul tavolo. «Co- come... come è possibile? Io non me lo sono messo in tasca e... e prima la pagina era bianca! Che scherzi da prete sono questi?»

«Esatto. La pagina era bianca, prima che quell'oggetto *ti riconoscesse*. Ora esso ti appartiene e, di conseguenza, tu appartieni a me. E tu sai che cosa ciò implica, non è vero?»

«Ma insomma, lei chi è e che cosa vuole?» chiese Ilie, il cui cervello era ormai stretto nella morsa di una paura inenarrabile.

Il cameriere sorrise.

«Davvero non riesci a immaginare dove sei capitato?» domandò. «Né chi sono io? Eppure, hai scritto e sceneggiato tante storie fantastiche, non dovrebbe riuscirti tanto difficile.» Dopo una breve pausa, aggiunse: «Io sono il diavolo. In persona e per servirti».

Ilie lo fissò a bocca aperta e, nel silenzio che si era raddensato attorno a lui, riuscì a udire i battiti del proprio cuore. Fece un commento a mezza voce e, dapprincipio sommessamente e poi in modo sempre più fragoroso, rise, come se l'isteria repressa dentro di lui fosse debordata all'improvviso.

«Lieto che tu la prenda così bene, Ilie. La tua reazione sportiva, però, va corretta in qualcosa di più serio. Qualora tu non l'abbia ancora afferrato, sei vittima di una maledizione.»

«Maledizione? Ma che... che cosa mi rappresenta questa trovata? Io sarò pure alticcio, ma so di essere a Bucarest nel 1929 e non nella Transilvania del XV secolo! Ma che ti credi?»

«Via, via, Ilie. Ti facevo meno banale. E questo sarebbe l'atteggiamento di chi vorrebbe far evadere gli altri nella dimensione del fantastico? Rassegnati, temo che nelle tue peregrinazioni notturne tu sia incappato in una realtà parallela, quella stessa realtà che gli uomini anelano eppure rifuggono, quella del sovrannaturale. La mia realtà, l'unica possibile.»

Fece una breve pausa prima di riprendere, probabilmente avvertendo che l'incredulità di Ilie si era stemperata. «La maledizione è reale e, nel tuo intimo, tu ne sei convinto. Sai di essere perduto, mio caro, perduto a meno che, proprio come ha fatto Cioran, tu non riesca a rifilare il taccuino a qualcun altro. Entro le prossime ventiquattro ore, se vuoi tornare libero, dovrai convincere qualcuno a seguirti qui e a cederti la prima cucchiaiata della zuppa – la mia zuppa – al più tardi allo scoccare della mezzanotte. Solo questo ti garantirà la salvezza!»

«Salvezza? Di che salvezza parli?» chiese Ilie.

Il sedicente diavolo gli si fece appresso.

«Quella della tua anima. Ma non disperare, sei perfettamente capace di sacrificare senza remore un altro al tuo posto. Detto in parole semplici, se tu non fossi ciò che *intrinsecamente*, sei, un egoista, non saresti qui. L'esperienza che stai vivendo non viene estratta a sorte ma tocca esclusivamente a chi se la merita.» Storse la bocca in un sorriso e aggiunse: «Hai un'anima nera e non lo sapevi!»

Ilie, sgomento, balbettò: «I-io? Non sarò un mostro di rettitudine ma via, per... per qualche innocua bugia ai creditori? N-no, dico, questo è uno scherzo, sì, uno scherzo malsano orchestrato da... è stato Otto, vero?» A quell'ipotesi, per quanto improbabile, Ilie si adirò: «Quel fetente ungherese... solo perché ho scoperto il suo segreto! Ma io gli faccio sputare i denti dal buco del...»

«Nessuno scherzo. Dai un'altra occhiata al taccuino.»

Ilie guardò e lesse: «*Ti restano 23 ore, 51 minuti e 34 secondi*».

«Visto? Il tempo corre. Inoltre, sappi che se ancora tu non hai fatto nulla – o, almeno, nulla di eclatante – per trovarti in questa situazione, la tua intima essenza io la conosco e la reclamo. Sì, *la reclamo*, a meno che tu non faccia quanto ti ho spiegato, procurandomi un'altra anima.»

Il demoniaco individuo fece una pausa, lasciando che le sue parole impregnassero l'aria di un penetrante odore sulfureo. Dopodiché, concluse: «Ora ti invito ad andare e metterti all'opera. Ti avverto che rivelare a qualcuno ciò che ti è accaduto non ti gioverebbe affatto e nessuno ti darebbe retta. Inoltre, per portare le persone da me puoi solo ingannarle e loro, per salvarsi, dovranno fare altrettanto con le loro eventuali vittime. Nessun aiuto è permesso, nessun esorcismo possibile e nessuna ritorsione applicabile; qualora ti salvassi e incontrassi Cioran per strada, lo dovresti ignorare, pena conseguenze tremende, e lo stesso dovrebbe fare chiunque fosse incastrato da te e riuscisse poi a cavarsela».

«A proposito, il taccuino ti servirà da memento, pulsando all'occasione dentro la tua tasca. Pulserà anche quando vorrà comunicare con te e, in tal caso, non ti rimarrà che leggerne il contenuto. Ti suggerisco di farlo sempre e di non considerare nemmeno la possibilità di liberartene buttandolo via; sarebbe solo tempo perso.»

Mentre pronunciava quelle parole, il diavolo sembrò scivolare a ritroso, pur restando immobile, ma Ilie riuscì comunque a cogliere le sue ultime raccomandazioni. «Non preoccuparti di rintracciare questo ristorante. Al momento giusto, il taccuino ti guiderà da me. Buona caccia!»

Una luce verde particolarmente forte circonfuse la figura demoniaca e Ilie fu costretto a chiudere gli occhi. Quando li riaprì, stordito e confuso, sbatté le palpebre parecchie volte prima di realizzare di essere per strada, nel buio e nel freddo più intensi. In effetti, si trovava in piedi davanti al ponte di pietra che credeva di aver superato.

Se ne ritrasse e iniziò a camminare. Tempo dopo, mentre ancora incredulo stava riordinando a fatica le idee, una voce conosciuta lo chiamò per nome: «Ilie, ma che ci fai fuori a quest'ora?»

Lo sbalestrato scribacchino si girò e vide il volto, non più giovanissimo ma sempre piacente, di Zorana Zivojinovič, *entraîneuse* belgradese trapiantata a Bucarest. La donna, che lo fissava allibita, doveva essere di ritorno dal locale dove sbarcava il lunario o da un appuntamento con un cliente.

«Zorana, sei proprio tu? Sia ringraziato il cielo!» fece in tempo a dire Ilie, prima che un mancamento lo ghermisse, facendolo oscillare.

La donna, allarmata, lo abbracciò e lo sostenne. «Ma che hai? Mi sembri così pallido. Per fortuna siamo vicini a casa mia. Vieni, ti ci porto.»

«Siamo dunque nella tua zona? Ma come ci sono giunto? Oh, piano, la testa mi gira.»

In qualche modo, Zorana riuscì a spingere Ilie sotto un portico e da qui, attraverso un portone e su per le scale, fino al terzo piano. Poi lo fece accomodare nel suo piccolo appartamento, vicino alla stufa che accese con premurosa sollecitudine. «Togliti il cappotto e resta qui vicino a scaldarti. Io, intanto, ti preparo una tazza di tè. Dopo mi racconterai tutto. Dio, se potessi vedere la tua faccia!»

Ilie, grato ma incapace di spiccicare parola, rimase disteso sul divano mentre il suo cervello si perdeva nei meandri di inimmaginabili visioni infernali. In breve tempo, si abbandonò a una stanchezza improvvisa e si inabissò nel sonno.

Si risvegliò solo qualche ora più tardi e, una volta riconosciuto il luogo in cui si trovava – da lui frequentato non poche volte a tarda ora – si rimise in piedi. Vide che Zorana si era addormentata sulla poltrona, probabilmente mentre vegliava su di lui.

Per l'ennesima volta doveva esserle grato. Lei lo aveva tratto d'impaccio in più di una occasione puntellandone le magre finanze con prestiti mai restituiti e, in cambio, lui aveva abusato non solo della generosità ma anche della debolezza sentimentale della *entraîneuse*, portandosela a letto con discreta frequenza. Il tutto gli era costato solo vaghe e non mantenute promesse di matrimonio.

Dal canto suo, la belgradese faceva parte di quelle persone che, pur conoscendo a fondo la vita, si ostinano a sfuggirne le regole, innamorandosi di soggetti come Ilie e illudendosi che, per quanto poco raccomandabili e ancor meno affidabili, prima o poi tali individui possano cambiar rotta. Curiosamente, infatti, il cinismo di Zorana, derivato della professione da lei praticata, era contraddetto dall'attrazione autolesionista verso un uomo che non esitava ad approfittare di lei.

Ilie guardò l'orologio posto sull'armadietto; erano le cinque del mattino. Non aveva più sonno ma, in compenso, sentiva la necessità di chiarire la confusione che impazzava nella sua testa. Provò un intenso bisogno di fumare e s'avvicinò al cappotto, frugandolo alla luce anemica di una lampadina per trovare il pacchetto con le ultime sigarette. A un certo punto, tastando in prossimità della tasca interna, trovò qualcosa che riconobbe subito al tatto; il taccuino.

Gli si ghiacciarono le vene quando lo sentì pulsare ma, come spinto da una forza irresistibile, lo prese, lo aprì e lesse l'ennesima frase: «*Adesso ti restano 18 ore, 57 minuti e 21 secondi*».

Soffocò un grido, mordendosi le nocche, e si guardò intorno. Allora era tutto vero! Non era stato un delirio provocato dall'alcol né un incubo disturbante ma transitorio; era davvero preda di una maledizione e gli toccava subirla, a meno di non appioppare quel dannato oggetto a un altro.

Sudò freddo per qualche istante, finché decise di tentare la sorte. Si rivestì in silenzio e uscì alla chetichella, come aveva già fatto in passato, per svicolare da Zorana e dalle sue aspettative. Quando fu all'aperto, si diresse verso casa. Dopo aver percorso qualche metro, estrasse il taccuino dalla tasca interna e, fischiettando disinvoltamente, lo lasciò cadere sul suolo innevato.

Fece per andarsene, ma una voce tonante lo fulminò. «Ehi, voi, un momento!»

Ilie si irrigidì sul posto mentre qualcuno, a passi lenti, si avvicinava a lui; era un poliziotto, il cui grugno minaccioso non prometteva niente di buono. «Si può sapere che pensate di fare?»

«I-io?» replicò Ilie. «Fare che cosa, agente?»

«Vi ho visto con questi occhi gettare per terra quell'oggetto! Dico, ma se proprio dovete buttarlo via, usare un cestino vi sembra così brutto? Tiratelo su e gettatelo nel primo cestino che trovate!»

Ilie, rintronato e a corto di spiegazioni, riprese il taccuino infilandoselo in tasca e sforzandosi di sorridere. Poi se ne andò, sicuro che gli occhi dell'agente lo stessero seguendo. Una volta allontanatosi, il taccuino pulsò con tale insistenza che egli lo tirò fuori e lo aprì, leggendo un sarcastico *«Che ti avevano detto?»*. Lo richiuse, esasperato, e raggiunse la fermata di un tram che passava vicino a casa sua.

Come altro poteva interpretare tali avvenimenti inspiegabili? Se qualche ora prima si riteneva perso agli occhi del mondo, ora la sua prospettiva si era mutata in quella di un destino atroce che lo attendeva a fauci spalancate e la precedente certezza del Nulla senza senso era stata rimpiazzata –

ironia della sorte – dalle peggiori paure ataviche e primordiali, le stesse che egli aveva largamente sfruttato per vivacchiare come pennaiolo.

Tuttavia, non volle darsi per vinto e fece un ultimo tentativo; mentre il tram si avvicinava alla fermata alla quale egli doveva scendere, con molta cautela, prese il taccuino e lo collocò sul sedile, con aria distratta. Ma non appena si alzò, sentì una voce dietro di sé. «Signore, guardi che ha lasciato qualcosa.»

Si girò. A parlare era stata una fanciulla con un cesto in grembo, una piccola fioraia. Trasecolò, perché era certo di essere stato solo sul tram, fino a quel momento ma, conscio di essere stato visto e non volendo replicare la scena imbarazzante con il poliziotto, capì l'antifona e, come se nulla fosse, ripose il taccuino nella tasca interna. Poi mormorò un grazie e scese. Non appena il tram ripartì, diede una scorsa all'orologio; erano già le sette di mattina.

Si avviò verso la propria abitazione mentre le orecchie gli fischiavano; si era ormai definitivamente persuaso che l'oggetto fosse davvero stregato e che ulteriori tentavi di sbarazzarsene si sarebbero rivelati inutili. Si sentì rabbrividire all'idea di essere condannato a pene inimmaginabili. Terrorizzato da sinistre fantasticherie, giurò a se stesso che avrebbe fatto qualsiasi cosa pur di evitare quel fato funesto. Anche la peggiore.

In capo a dieci minuti, entrò nello squallido appartamentino che divideva con Dragos Bombescu, di professione contabile presso la ditta «*Celibidache e figli*». Entrò di soppiatto, salvo accorgersi che il suo coinquilino era già sveglio – anzi, era già vestito di tutto punto e appostato vicino alla finestra con un binocolo, come da recente abitudine.

La ragione di tale contegno da parte di Bombescu aveva un nome: Monica Barbu, di professione modella per pittori ma con ambizioni di attrice. Era una bellezza dai neri capelli a caschetto e dal corpo eccezionale che ogni mattina, una volta svegliatasi, apriva la finestra del proprio appartamento e, a dispetto della rigida temperatura, improvvisava qualche blando esercizio fisico.

Il povero Bombescu se ne era perdutamente invaghito, finendo con lo sviluppare una squallida abitudine da voyeur e usando all'uopo il binocolo di suo nonno, maggiore dell'esercito. Ilie si era ben presto abituato a questa stramberia, tanto più che Bombescu non gli lesinava favori o denaro solo perché lo scrittore – conoscendo personalmente Monica, che lo assillava con la propria determinazione a sfondare nel mondo della celluloide – raccontava all'obeso impiegato ogni sorta di aneddoti, abitudini e capricci della giovane, veri o inventati che fossero.

«Mattiniero come al solito, caro Dragos. Complimenti.»

«Buongiorno, Ilie» sospirò Bombescu senza distogliere il binocolo dalla finestra di fronte.

«Vedo che non rinunci agli esercizi mattutini… di Monica. Scherzi a parte, come va la nostra bellezza del Mar Nero? Sempre in forma, spero.»

«Sempre irraggiungibile e bella come il sole» commentò amaro il contabile.

Ilie lo fissò con la consueta compassione che degenerava nel disprezzo. Povero Dragos, brutto, grasso e squattrinato, eppure incantato da una donna magmatica e gelida al tempo stesso, una calcolatrice nata che tuttavia emanava erotismo. Se solo quel patetico guardone avesse saputo quali forze si agitavano nella natura e la piegavano al loro volere! Ma che ne poteva capire lui, modesto impiegato, di tali fenomeni che sfuggivano alla comprensione razionale?

Eppure, quel perdente nato e cresciuto, quel bamboccio imbozzolato nella sua rassicurante pinguedine si sarebbe trascinato in una modesta esistenza fatta di illusioni e di miserie mentre a lui, Ilie, sarebbe toccata una punizione demoniaca, terribile quanto spropositata. Il solo pensiero di questa incomprensibile ingiustizia lo esasperò.

E, soprattutto, lo incattivì. Fu proprio allora, infatti, che ebbe una perfida illuminazione. Con voce suadente si rivolse a Bombescu: «Ma suvvia, Dragos, non è il caso di struggerti. A tutto c'è rimedio».

«Anche al mio aspetto e al mio conto in banca?»

«Andiamo, andiamo. Non hai ancora fatto colazione e si vede. Ma permettimi di offrirtela.»

Bombescu, non credendo a quelle parole, lo fissò a bocca aperta; che il Monescu da lui conosciuto potesse offrire una colazione o una qualsiasi altra cosa a qualcuno era un puro e semplice miracolo. Ilie si accorse del suo stupore e si premurò di soffocare sul nascere ogni sospetto. «Sai com'è, stasera le carte mi hanno detto bene…»

L'impiegato sorrise e acconsentì. Poco dopo, i due sedevano in un localino sito nella loro via e Ilie, con aria galvanizzata, ordinò delle frittelle con marmellata di fragole e caffè nero per due. In capo a dieci minuti, Bombescu iniziò a onorare il cibo, e Ilie gli gettò l'amo. «Vedi, Dragos, io penso che tu stia approcciando il problema dall'angolazione sbagliata. Non è certo dal tuo aspetto o dalla tua condizione finanziaria che devi partire, bensì dai desideri… ehm, repressi di Monica. Ti sei mai chiesto che cosa mai potrebbe *davvero* allietare quella bellissima fanciulla?»

«No, ma mi piacerebbe saperlo. Pagherei per saperlo!»

«Ebbene, lascia che te lo dica e pure gratis. La cara Monica, oltre all'ambizione sfrenata di sfondare nel cinema, trova irresistibile chi è pronto alla… all'acquiescenza. Tu saresti disposto in tal senso?»

«Lo sarei eccome. Ti dico di più, pur di starle addosso, mi accontenterei di essere una verruca sulla sua carne o una micosi sulle sue unghie.»

«Ehm, ammirevole dedizione» commentò Ilie reprimendo il disgusto. «Ma quello che dovrai fare con lei e per lei sarà ben più divertente, credimi. Divertente e… intrigante.»

Bombescu ormai divorava le frittelle con voluttà, assieme a ogni sillaba su Monica pronunciata da Ilie, che rincarò la dose: «In effetti, sebbene la mia franchezza quasi brutale ti potrà sorprendere, la nostra Monica è una donna che va compresa, come dire, *intimamente*. Per farla breve, lei ha gusti sessuali di non facile catalogazione, che presuppongono una certa apertura mentale da parte del... del collaboratore di turno».

Quegli accenni a pratiche lubriche travolsero Bombescu, che arrossì di eccitazione. «Ecco, caro Dragos, di recente e per vie traverse, sono venuto a sapere che la nostra Monica è assai sensibile a certe... uh, "recite in privato". Trova irresistibili gli uomini che, per accontentarla, si lasciano contagiare da una sua innocua mania, svilita dal puritano gusto corrente. Ma vedo che hai già ripulito il piatto. Prendi, prendi pure anche le mie, tanto io non ho fame.»

Bombescu, fuori controllo, non se lo lasciò ripetere. Ilie s'accorse di averlo in pugno e, battendo il ferro finché era ancora caldo, proseguì: «Dimmi, Dragos, e sii sincero, perché la domanda è davvero importante: saresti tu in grado, pur di compiacere Monica e conquistarne il favore, di soddisfare appieno il suo... uh, vizietto?»

All'impiegato quasi andò di traverso un boccone. «Off... Che? Quale vizietto?»

Ilie continuò ad alludere, ravvivando l'immaginazione di Bombescu: «Orbene, è cosa un po' articolata e preferirei non anticipartene i dettagli, anche perché non voglio trattenerti oltre il lecito; il lavoro ti aspetta. Ma, se davvero sei disposto ad andare fino in fondo, io ti potrei presentare la persona che mi ha rivelato le curiose predilezioni erotiche di Monica e...»

«Non mi dirai che si tratta di Otto?» l'interruppe Bombescu.

Ilie scosse la testa.

«No, il buon Otto si limita a a ritrarla per i suoi nudi d'arte o, al peggio, a usarla come scrittoio quando compone i suoi astrusi poemi. Sì, lo so, anche quella è una mania eccentrica, ma nel caso di Otto, te lo garantisco, è del tutto priva di secondi fini e... ma perché finiamo sempre col parlare di quel dannato ungherese?»

«Scusami, Ilie. Continua, continua!» l'esortò lo smanioso impiegato.

«Va bene, ascolta. La persona in questione, una signora di rango, non è facile da contattare, ma io so dove è solita cenare. Si tratta di un locale poco in vista, mi pare si chiami Pokol, o qualcosa del genere. Mai sentito? Meglio così. Allora, se ci stai, si dà il caso che costei cenerà lì, stasera. Credo che per te non sia un problema, vero? Tanto domani è domenica.»

Bombescu annuì, divorando gli ultimi brandelli di frittelle con la mente ingolosita da quanto prospettatogli abilmente da Ilie. «Allora siamo d'accordo? Bene. Probabilmente, se tutto filerà liscio, riuscirò anche a passarti su un taccuino delle informazioni relative alle stravaganti abitudini sessuali di Monica, abitudini che tu faresti meglio a conoscere prima che la signora che le pratica assieme a lei – una signora molto in vista, perciò mi raccomando, la riservatezza è d'obbligo! – parli con te e ti trovi consenziente e mentalmente disposto a prendere parte alla loro... ehm, simulazione. Vedi, Dragos, alle due signore servono dei protagonisti, non dei comprimari, ovvero uomini che abbiano immaginazione e iniziativa. Non chiedono altro e, in cambio, spalancano nuovi orizzonti erotici. Però ricordati, sempre e comunque discrezione! Tutto chiaro, spero.»

«Ma certo, Ilie. Fidati di me, sarò muto come... come una frittella ingerita.»

«Bel paragone, ti spiace se me lo segno? Potrei usarlo per una mia storia. Ma ora andiamo. Lascia stare il portafogli: come ti avevo anticipato, sei mio ospite.»

Una volta pagato il conto, Ilie raggiunse l'impiegato che stazionava fuori sul marciapiede. «Si presenta promettente come giornata, freddo a parte, nevvero?»

Ma Bombescu pareva non ascoltarlo. Sudava visibilmente e si teneva stretto il braccio sinistro con un'espressione sofferente impressa in volto. Ilie gli chiese: «Ehi, ma che succede? Troppe frittelle?»

«N-no. Io mi sento... non sto bene... aghhh!»

All'improvviso, Bombescu si portò le mani all'altezza del cuore e sbarrò gli occhi, mentre la bocca emise un lamento rauco. Ilie comprese subito che era cosa grave e chiamò a gran voce i passanti: «Aiuto! Soccorso! Accorr'uomo! Sta male, correte, correte!»

Subito un capannello di persone si formò attorno a Bombescu, steso a terra e rantolante, e a Ilie che, inginocchiato vicino a lui, cercava disperatamente di aiutarlo. «È un collasso, un arresto cardiaco» disse qualcuno, mentre altri passanti strillavano di chiamare un'ambulanza.

Tutto si consumò rapidamente; Bombescu cercò di alzarsi ma ricadde, boccheggiò per qualche istante come un pesce fuori dall'acqua e poi si accasciò. «È morto» sussurrò un disperato e incredulo Ilie, che stava ormai fissando un cadavere.

Un uomo lo aiutò ad alzarsi mormorando un «coraggio», un altro gli rimise in testa il cappello, caduto sulla neve. In quella, lo stralunato Ilie scorse Monica che, ignara e indifferente, superava a passo veloce il grappolo umano stretto attorno al corpo del suo sfortunato spasimante.

Allo scalcinato sceneggiatore non restò che andarsene, staccandosi in silenzio dal gruppo di persone che ancora attorniavano Bombescu. Si stava dirigendo verso casa a passo lento, quando sentì il consueto sordo pulsare nella tasca interna del cappotto. Sogghignò storto quando lesse «*Riprova, sarai più fortunato*».

Eppure, ci era quasi riuscito. Sì, quella convincente e abile storiella che aveva abbindolato l'ingenuo Bombescu era stata un piccolo capolavoro, ma era andata sprecata; la sfortuna si era accanita contro di lui e gli aveva crudelmente sottratto quella possibilità di salvezza. Affranto, si chiese se il suo coinquilino avesse mai mostrato sintomi che potessero anticipare quella prematura fine, ma concluse che tale collasso era stato un fulmine a ciel sereno. «Una debolezza cardiaca asintomatica, senza dubbio. Certo, con tutto quel grasso, c'era da aspettarselo che prima o poi… ma sangue di Giuda, non poteva resistere ancora un po'? Solo qualche ora, che gli costava? E io che l'ho pure fatto rimpinzare!»

Trovò un momentaneo conforto in un pensiero suggeritogli dall'ironia amarognola e un po' spuntata che lo contraddistingueva anche nelle occasioni più inadatte. «Ahimè, il Bombescu non era disinnescato e mi è scoppiato tra le mani.»

Appena ebbe pensato quella sciocca battuta, si mise a ridere istericamente e, sbilenco, si sorresse al portone del proprio caseggiato. Rimase in quella posizione per non poco tempo, fino a quando si sentì addosso gli occhi di qualcuno, segnatamente quelli del signor Rainea.

Costui era un vecchio malato di mente, fratello della portinaia, la signora Pulu, la quale, assieme al marito ferrotranviere, si prendeva cura di lui. Anni prima, il signor Rainea era stato un valido funzionario statale, ma una misteriosa, improvvisa e devastante malattia lo aveva reso un mezzo vegetale. Qualcuno aveva insinuato che a ridurlo in quel modo fosse stata la fattura di una sua amante, una nomade che si era voluta vendicare dei suoi tradimenti, ma tali dicerie erano frutto di superstizioni e poco importavano alla luce del risultato finale, un deterioramento cerebrale che aveva sbalordito i medici, suscitando un certo clamore in ambito scientifico.

Dopo la malattia, il vecchio Rainea aveva sviluppato l'abitudine di restare seduto da solo per ore intere a fissare chi entrava e chi usciva dal caseggiato e, talvolta, di pronunciare una frase ricorrente ma priva di senso, «il cammello è nel foyer». Quando la signora Pulu usciva per fare la spesa, egli restava letteralmente incustodito, più innocuo di un chihuahua ma assai meno rumoroso – anzi, un bambinone cresciuto e ritardato, facile preda di chiunque.

Ilie pensò che se egli avesse prelevato quel placido sventurato e lo avesse condotto con sé all'appuntamento fatale, evitando accuratamente i luoghi conosciuti, nessuno sarebbe potuto risalire a lui. Quella di Rainea sarebbe stata soltanto una delle tante scomparse inesplicabili che accadevano quotidianamente; inoltre, a chi mai sarebbe davvero importato, se un uomo ridotto in quelle condizioni fosse sparito nel nulla? Certo, la signora Pulu inizialmente avrebbe fatto un bel po' di rumore ma, alla fine, anche per lei la scomparsa di quel peso morto sarebbe stata un sollievo.

Pertanto, Ilie si avvicinò al povero demente con *nonchalance*, si tolse il cappello e disse: «Buongiorno, signor Rainea. Come andiamo stamane?»

«Il cammello è nel foyer.»

«Ah, sì, certo, certo. Una vera disdetta che non sia più tra di noi. Piuttosto, che dice di questa bella giornata invernale? Non invoglia forse a muoversi, a camminare?»

«Il cammello è nel foyer.»

«Nessuno ne dubita, signor Rainea, però uhm… mi chiedevo se non le andrebbe di fare un giro con me. Sa, questa nostra grande capitale così negletta riserva sempre delle piacevoli sorprese. Basta conoscerla. Lei ha mai visitato la città vecchia, per caso?»

«Il cammello…»

«Ma sì, ma sì. Bene, rompiamo gli indugi. Si alzi, si alzi. Se mi permette, avrò il piacere di… no, ecco, prenda la mia mano, non abbia timore, prenda…»

Di colpo, un alito gelido gli sfiorò la nuca. Si voltò lentamente e si ritrovò davanti il viso della signora Pulu, decisamente più brutto e accigliato del solito.

Ilie si tolse il cappello. «Giorno, signora Pulu. Come andiamo?»

«Che stava facendo con Radu? Perché lo stava alzando dal suo posto?»

«Chi, io? Oh, no. No, io stavo… ehm, lui stava dicendomi qualcosa a proposito di un bisognino impellente – non è così, signor Rainea?»

«Il cammello è nel foyer.»

«Ecco, per l'appunto. Ma ora che lei è qui, cara signora, sarò lieto di poterlo lasciare nelle sue capacissime mani. Intanto, io sono… sono atteso. Buona giornata.»

Sollevando appena il cappello e affidandosi a un sorriso ipocrita, lo scrittorucolo prese congedo e si diresse a passo sostenuto verso l'uscita del caseggiato.

Una volta in strada, vide che al fatale incrocio dove Bombescu aveva reso l'anima, sostavano un'ambulanza e una vettura della polizia, circondate da alcuni curiosi. L'eventualità di farsi riconoscere da altri testimoni oculari e passare ore preziose rendendo dichiarazioni inutili lo atterrì. Decise di attraversare il marciapiede, sperando di passare indisturbato, ma quando una donna parve additarlo – o almeno, sovreccitato com'era, così gli sembrò – Ilie si vide costretto a entrare in tutta fretta nella farmacia del Dottor Florin Lazarescu.

Lì dentro c'era una sola cliente, una trentenne distinta e di bell'aspetto, che il Dottor Lazarescu in persona stava servendo, mentre dietro il bancone si trovava il consueto sorriso cordiale di Mirela, la figlia del titolare.

Costei era una di quelle donne nate zitelle e destinate a restare tali fino alla tomba, a meno di non trovare un cavaliere dallo stomaco abbastanza forte da poterle impalmare. Per l'ingenua e speranzosa Mirela, tale cavaliere poteva solo essere (con grande irritazione del padre) lo spiantato Ilie Monescu, da lei adorato in silenzio.

Naturalmente, costui non nutriva alcun sentimento nei confronti di Mirela, né l'idea di accasarsi e di sistemare la propria situazione economica lo allettava, essendo egli, in fondo, sicuro del proprio talento e convinto che, fatalmente, il vento sarebbe cambiato a suo favore.

Ma, quella mattina, lui era entrato in farmacia per nascondersi, quasi sovrappensiero, e senza considerare quanto gli sarebbe balenato in testa mentre Mirela gli dava il buongiorno. In un lampo, infatti, il suo innato cinismo – conscio dell'interesse non ricambiato che ella nutriva per lui – elaborò un piano infame; s'avvicinò alla zitella, togliendosi il cappello e scandendo un saluto galante: «Mia cara signorina Mirela, è sempre un piacere. Come stiamo, stamane?»

«Bene, grazie, signor Monescu. In che posso servirla?»

«Ehm... sì, diciamo che mi servirebbe un rimedio per... uh, agevolare le evacuazioni.»

Mirela si staccò da lui ritornando con un prodotto ad hoc, ma Ilie, lungi dall'interessarsene, cercò di sviare l'attenzione della donna su altri argomenti, prima di arrivare al sodo: «Vede, Mirela, io posso aver mostrato una certa cordiale freddezza nei suoi riguardi ma, mi creda, ciò dipende dalla mia indole, fondamentalmente timida. Spero che lei non abbia frainteso».

A quelle parole Mirela arrossì e il suo cuore innamorato fu scosso da forti palpitazioni. Solo il timore di essere scoperta dal padre – che li guardava di sottecchi – la sorresse in quel fatale momento e le fece mantenere una parvenza di sangue freddo. Fingendo che il rimedio precedente non fosse adeguato, prese la confezione di un altro prodotto e la pose sul tavolo, indicandola con il dito, come se volesse spiegarne le proprietà al cliente. In realtà, ella gli sussurrò: «Signor Monescu, io... Lei mi confonde».

«Lusingato di saperlo. Ma credo che sia giusto trovare un modo più... intimo per affrontare certe questioni. Lei che programmi ha per questa sera?»

Mirela trasalì ma riuscì a contenersi. «N-nessun programma, signor Monescu.»

«Ah, bene, perché pensavo, se mi permette l'ardire, di invitare lei a cena in un ristorantino davvero grazioso e poco conosciuto. Perché, diciamolo, la segretezza in certi frangenti è d'obbligo.» E, così dicendo, fece un lieve cenno col capo verso il padre della ragazza.

Lei annuì e, in meno di un minuto, si accordarono nei minimi dettagli; verso le nove di sera, si sarebbero trovati in un bistrot fuori mano che entrambi conoscevano e poi si sarebbero diretti al ristorante, evitando con attenzione di farsi vedere in giro insieme e usando a questo scopo stradine poco frequentate.

In effetti, per la riuscita del piano, era essenziale che Mirela non solo non rivelasse nulla al proprio inflessibile genitore, ma – e su questo punto Ilie volle insistere con assoluta fermezza – che anzi ella non facesse cenno di quel romantico *rendez-vous* con nessuno, nemmeno con le amiche più care. «Non si può mai essere troppo prudenti, mia cara. La parola d'ordine è discrezione!»

Certo, Mirela non poteva immaginare che dietro quella richiesta si celasse la necessità dello scrittore di non essere associato minimamente alla scomparsa della donna, destinata a svanire inspiegabilmente o, quanto meno, a trovarsi coinvolta nella maledizione diabolica senza poter nuocere al fraudolento Ilie.

In quell'istante, il dottor Lazarescu chiese alla figlia: «Mirela, ti prego, vorresti prendere per la signora Grisan il balsamo anti-varici della ditta *Martinescu e Vilar*?»

Mirela acconsentì con filiale devozione e dedicò a Ilie un ultimo sorriso, prima di obbedire al padre e portargli il balsamo richiesto. L'imbrattacarte, soddisfatto, si girò verso Lazarescu, si toccò la falda del cappello a guisa di saluto e uscì, fischiettando.

Ma, non appena ebbe aperto la porta, udì alle sue spalle un capitombolo fragoroso, seguito da uno strillo disumano. Si voltò immediatamente e vide Mirela ai piedi della scala, piangente. Si stava toccando una caviglia, mentre il padre si era precipitato a soccorrerla: «Santo Cielo, Mirela! Che cosa è successo? Sei caduta?»

«Ah, la caviglia, la caviglia… mi fa male. Si è storta, si è storta!» piagnucolò Mirela, non solo per il dolore ma anche perché era consapevole di aver compromesso l'atteso appuntamento serale.

«Oh, fammi vedere, piccola mia!» esclamò concitato il dottor Lazarescu.

Ilie, che davanti a quella scena si era messo una mano sulla bocca e aveva soffocato una bestemmia, si proiettò fuori dalla farmacia, come se, una volta bruciatosi il suo ennesimo asso nella manica, la cosa non lo riguardasse più.

S'appoggiò a un muro poco più avanti e respirò pesantemente, ripensando a quella serie di eventi sfortunati. «Ma che razza di scalogna è mai questa. Possibile che non me ne vada bene una? Non ci credo, non ci posso credere. Dietro tutto questo c'è una regia occulta – no, un maleficio!»

Sentì il taccuino pulsare e, sebbene controvoglia, lo estrasse dalla tasca interna, certo di trovarvi l'ennesima irrisione soprannaturale. E, puntualmente, fu così: «*Zero su tre, media incoraggiante*».

Richiuse rabbiosamente il taccuino e lo rimise nella tasca interna, mentre il cuore gonfio di astio gli batteva all'impazzata. Poi si mosse da lì, camminando velocemente e senza meta, trascinato da pensieri scavallanti e ingovernabili.

Marciava spedito da circa venti minuti, quando l'appello di una voce tremula gli giunse alle orecchie. «La carità, fate la carità a un povero reduce.»

Ilie si bloccò; alla sua destra, vicino a una cancellata in ferro, stava un giovane in uniforme di soldato semplice. Poteva avere vent'anni e portava degli occhialini scuri, del tipo spesso usato dai ciechi e la sua voce, ben modulata e piacevole, era delicata quanto il suo aspetto, quasi efebico.

Incuriosito, Ilie gli si avvicinò, portando istintivamente la mano nella tasca dove teneva gli spiccioli. Poi ne depositò uno nella tazza che il cieco teneva dritta davanti a sé.

«Grazie, chiunque lei sia, grazie da parte di questo sopravvissuto alla battaglia di Mărăşeşti.»

Ilie non disse nulla ma, perplesso, scrutò quel giovane e si chiese: «E questo a che età avrebbe mai combattuto a Mărăşeşti? A otto anni?»

Tuttavia, si disse che non era il caso di andare per il sottile; forse il giovane dimostrava meno anni di quanti ne avesse effettivamente. Così, gli disse: «Sono io che ringrazio lei, eroico martire della Patria. Io e tutti quelli eternamente grati per il supremo sacrificio che le è costato la luce».

A Ilie, gli accenti retorici venivano spontanei come le eruttazioni ai malati di ulcera peptica ed egli sapeva bene come accattivarsi il prossimo. Infatti, il giovane mostrò una commossa riconoscenza: «Mio caro signore, erano anni che non sentivo nei miei confronti parole così calorose. Non so come esprimere la mia gioia davanti a un tale fervido apprezzamento del mio sacrificio, che quasi compensa le amarezze per la perdita subita».

«Ma dunque» riprese Ilie, abbassando il tono, quasi non volesse farsi udire dagli altri passanti «devo forse dedurre che i nostri valorosi soldati colpiti dalle maligne armi straniere sono costretti agli angoli delle strade, invece di godere delle sacrosante compensazioni che spettano loro? Che schifo, che vergogna!»

«In effetti» sussurrò il giovane «noi reduci siamo stati dimenticati e trasciniamo la nostra vita nell'indigenza più nera. Eppure non me ne pento. Come dicevano gli antichi romani, *dulce et decorum est pro patria mori*. E, in un certo senso, morto io lo sono.»

Ilie fu colpito da quelle parole, che presupponevano una certa educazione e, conseguentemente, una estrazione sociale abbastanza elevata. Forse non sarebbe stato così agevole ingannare quel giovane ma, con fare prudente, s'avvicinò al reduce e mormorò: «Mio caro, lei ha dove andare? Oppure è costretto a vivere sotto i ponti? No, dico, perché sarebbe il colmo se...»

«Gentile signore, non si crucci per me. Questa ormai è la mia vita.»

«Ma... ebbene, io, ehm... io mi chiedevo se... insomma, perché stiamo a parlare qui, al freddo? Non le andrebbe di prendere una bevanda calda con me da qualche parte?»

«Non vorrei abusare della sua cortesia, signore.»

«Abusare? Ma che dice? Niente affatto. Anzi, perché lasciare le cose a metà? Dopo esserci riscaldati, potremmo rifocillarci… che so, anche pranzare insieme. Ma sì, una cena come si usa tra vecchi camerati. Sa, anch'io, nel mio piccolo, un contributo l'ho dato; ero riservista. Che ne dice?»

A quelle parole il giovane s'irrigidì e abbozzò una smorfia, ma quando fece per replicare uno stridore di ruote lo anticipò. Il rumore fece voltare Ilie, il quale vide un'auto di lusso che si stava accostando al marciapiede.

In capo a pochi secondi, una donna scese dalla parte posteriore del veicolo. Era una signora che aveva senz'altro superato la quarantina, molto alta, magra e allampanata, vestita elegantemente, con una mantella di zibellino stretta al collo e una veletta calata sul volto. Si diresse dritta come un fuso verso Ilie e il reduce gridando: «Constantin, Constantin, eccoti ritrovato, finalmente!»

Ilie la fissò con un certo stupore, che però fu nulla rispetto allo sbalordimento che lo colse quando il giovane cieco si tolse gli occhiali ed esclamò: «Mamma, ma perché ti intrometti ancora?»

«Per il tuo bene, Constantin. Ma ti pare il caso di andare in giro conciato in quel modo? Dico, ma se passava uno dei nostri conoscenti, che figura ci facevi?»

«Oh, mamma!»

Ilie, giustamente indignato una volta tanto nella sua pur deplorevole esistenza, domandò furente: «Ma, dico, che razza di commedia è questa?»

La donna si sentì in dovere di spiegare: «Comprendo il suo sconcerto, mio caro signore. Innanzitutto, mi presento. Sono Ludmila Barladeanu, madre di questo irrequieto monellaccio che, per questioni che non approfondisco, a volte sente l'impulso irresistibile di travestirsi e di… ehm, di recitare delle parti. Sa, il mio Constantin ha un animo da artista ma non ha ancora trovato il modo di esprimere degnamente la propria… come dire, sì, la propria indole artistica proteiforme. Così, a volte, seguendo un insopprimibile impulso, si immedesima in una parte e si immerge nella vita di ogni giorno. Lei pensi che l'altro ieri l'ho ritrovato in una chiesetta fuori città, travestito da prete. Ed è risultato così convincente che quei religiosi lo hanno scambiato per uno di loro. Ah, ce n'è voluta per convincerli e lasciarmelo riportare a casa!»

Ilie ascoltò quel resoconto senza aprire bocca, convincendosi rapidamente che la bizzarria doveva essere un tratto genetico comune in quella famiglia. Così, a un certo punto, tagliò corto con un rapido cenno di saluto e stava per riprendere il proprio cammino, quando la voce di Constantin lo freddò. «Mamma, quest'uomo ha tentato di circuirmi. Voleva a ogni costo che io lo seguissi. Secondo me è uno di quelli.»

Accusato ingiustamente, Ilie si girò verso il giovane impostore, scuro in volto, ma non fece in tempo a replicare che già la madre starnazzava a gran voce: «Che cosa? Come? Ah, lei bruto deviato, mascalzone, vigliacco! Ehi, polizia, pooolizzziiiaaa! Balint, corra, mi aiuti!»

Ilie, allarmato dalla reazione prettamente uterina della signora, stava per battersela quando l'autista – un energumeno alto e massiccio, dal naso schiacciato – ubbidendo alle urla della padrona uscì dalla macchina e in men che non si dica gli fu addosso: «Mi lasci. Ma che fa? Giù le mani, non mi tocchi! Non si permetta, sa!»

Intanto, un crocchio di curiosi si era formato attorno al gruppetto.

«Lo tenga, lo tenga Balint. Io intanto chiamo la polizia. Ehilà, ecco un agente. Da questa parte!»

L'agente in questione era Gheorghe Vasiliu, un anziano servitore dello Stato che prestava servizio in quella zona da anni e conosceva bene la donna che strillava senza posa: «Ancora lei, Signora Barladeanu? E suo figlio è di nuovo in circolazione? Che è accaduto stavolta? Oh, ma che ci fa il ragazzo in divisa da… Ma non sa che è un reato?»

«Un reato, dice?» strillò la donnetta. «Certo, un reato che questo avanzo di galera stava perpetrando nei confronti del mio cucciolo. Me lo voleva adescare, questo vigliacco!»

«Ma non è vero!» protestò Ilie. «Io gli ho solo dato dei soldi perché lui s'è spacciato per un reduce cieco. Volevo essere solidale, nient'altro!»

«Ah, è così?» disse Vasiliu. «Non bastava il fatto di essersi travestito da pompiere due settimane fa e aver fatto sgomberare un edificio con un falso allarme. Ci voleva pure l'accattonaggio in divisa! Ma se davvero il suo Constantin non riesce a starsene in clinica, perché non se lo tiene al guinzaglio? Così è sicura di non perderlo di vista!»

«Ma che dice? Lei non capisce. Voi tutti non capite! Mio figlio non è malato, è solo leggermente disturbato e ha bisogno di stimoli sempre nuovi, altrimenti appassisce come un fiore senza luce.»

Constantin, intanto, dopo che si era scatenato il chiassoso scambio di battute, si era defilato per poi avvicinarsi di soppiatto all'auto, entrarvi e metterla in moto.

«Oh, Santissima Vergine! Balint, guardi, Constatin ha preso l'auto. Lo fermi, non ha la patente!»

Subito l'imbufalito agente, lo stupefatto autista e la trafelata madre rincorsero la macchina, seguiti dagli sguardi dei passanti. Ilie colse l'occasione al volo e girò l'angolo. Irritato da quell'ultimo, sfortunato episodio, camminò di buon passo, cercando di sottrarsi ad altre complicazioni e imprecando contro la malasorte, quando il suono di un clacson ravvicinato lo fece sobbalzare.

Ma non si trattava di Constantin o di altri soggetti problematici, bensì di Otto Leopold De Krasznahorka, aristocratico di origine magiara, poeta e pittore per diletto. Era nella sua auto nuova fiammante e, nonostante il freddo pungente, teneva la cappotta abbassata.

«Hai bisogno di un passaggio?» chiese.

Ilie, ansioso di allontanarsi, accettò e salì in macchina.

«Successo qualcosa?» chiese Otto con un tono ironico appena velato.

«Niente di speciale. Solo un dannato malinteso.»

«Già, brutta cosa i malintesi. Comunque sembrava che ti volessero linciare.»

«Quella vecchia pazza! Ma lei è solo uno dei tanti impicci di questa mattina, credimi. Neppure il peggiore, se è per questo.»

«A proposito, che ci fai in giro a quest'ora? Di solito, non ti alzi prima delle undici.»

«Ho qualcosa da sbrigare. E comunque…»

Non terminò la frase, lasciando che un silenzio carico di sottintesi si frapponesse fra lui e Otto. Fu proprio quest'ultimo a sentirsi in dovere di continuare: «…e comunque ti servono altri soldi».

«Non ho detto questo. Ma che mi serva il tuo aiuto non lo nego.»

In effetti, sfumata la *chance* con il giovane, instabile Constantin, il caso gli aveva fornito l'ennesima possibilità. Stavolta, però, a Ilie non sarebbe bastata la sciolta parlantina; occorreva ben altro per ingannare una mente non comune.

Qualche mese prima, Ilie era venuto a conoscenza in modo accidentale della vera natura dei rapporti che intercorrevano tra Otto e un suo protetto, Teodor Satmareanu, diciannovenne figlio di un politico in vista. In pratica, alticcio come poche altre volte, egli si era introdotto per sbaglio nella saletta privata che i due si erano prenotati in un locale fuori mano, proprio mentre erano intenti a scambiarsi effusioni e tenerezze.

Al romanziere, nonostante il tasso alcolico elevato, non era sfuggita l'enormità della situazione e, senza pensarci due volte, aveva deciso di approfittare di una inattesa posizione di vantaggio nei confronti di Otto, che egli aveva conosciuto per ragioni di lavoro, quando all'ungherese avevano commissionato dei fondali per un film che Ilie aveva sceneggiato ma che poi era abortito.

Da quel momento in avanti, Ilie, amante del gioco e delle scommesse, era riuscito ad attingere con una certa frequenza al portafoglio del patrizio ungherese, ma adesso era giunto il momento di chiedere all'artista dai nobili natali un sostegno di ben altra natura. «In effetti si tratta di cosa delicata e te ne vorrei parlare in modo approfondito. Hai qualche minuto da dedicarmi?»

«Non adesso, sto andando in banca. Ma se vuoi, possiamo vederci alle quattro del pomeriggio nel mio appartamento. Lì mi spiegherai ogni cosa, con calma. A proposito, lo sai che ti cerca Raab?»

«Bah, se quello m'attende per i soldi, farà la muffa aspettandomi! Io scendo qui. D'accordo per questo pomeriggio. Non ti anticipo nulla, sappi solo che, se tutto va bene, non ti chiederò altro.»

Otto accostò la macchina al marciapiede. «Mi permetti di dubitarne? Dopotutto, un ricatto si sa quando inizia ma non quando finisce.»

«Ricatto è una parola grossa, caro Otto. Ma tu abbi fiducia in me, una volta tanto» disse Ilie sibillino, mentre scendeva dal veicolo.

Quando Otto ripartì, Ilie s'incamminò a testa bassa, pensando a una scusa adatta per indurre l'artista a seguirlo nel ristorante. Mentre ci rimuginava sopra, giunse nella piazza sulla quale s'affacciava la biblioteca centrale, un luogo dove aveva condotto ricerche su quelle arcaiche leggende popolari che gli avevano ispirato racconti e sceneggiature (e, forse, il diaframma tra sogno e realtà egli l'aveva inavvertitamente sfondato proprio grazie a quei libri). Dopo breve esitazione, decise di entrarvi e di effettuare una ricerca dettagliata su eventuali miti ancestrali che riguardavano il diavolo. Si diresse verso gli schedari e, dopo una breve consultazione, annotò mentalmente un paio di sigle e di titoli. Infine, si recò al piano superiore, dove si trovavano i volumi che lo interessavano.

Giunto nella sezione apposita, dopo aver trovato una parte dei volumi, cercò invano un tomo rarissimo, redatto alla fine del secolo precedente da un ricercatore chiamato Bologan. «Strano, secondo lo schedario dovrebbe essere qui. Che lo abbiano messo fuori posto?»

Fu allora che il taccuino cominciò a pulsare. Ilie, con un moto di fastidio, lo prese e lo lesse, ricevendo così un suggerimento canzonatorio: «*Prova sullo scaffale in alto a destra*».

«Tante grazie!» esclamò stizzito, facendosi udire dagli altri utenti, che lo guardarono irritati. Imbarazzato, abbassò il capo, prese il volume e si diresse a un tavolo. Una volta accomodatosi, s'immerse in una lettura che si rivelò più proficua del previsto. «*Nei Carpazi orientali, si dice che il diavolo tenti i viaggiatori che di notte si smarriscono, apparendo loro sotto forma di oste e invitandoli al proprio desco. Si tratta di esseri umani già predisposti al male, le cui anime sono facilmente alla mercé del demonio. Una volta catturati da questa peculiare forma di incantesimo, agli sventurati viaggiatori non resta che tentare di agganciare altri esseri umani e portarli alla tavola del diavolo per liberarsi della maledizione. Tale disperato tentativo è racchiuso in un arco temporale di ventiquattro ore e alle vittime è dato un memento – un anello o una pergamena magica – che rammenta loro l'inesorabile trascorrere del tempo.*»

Ilie concluse, pensando al taccuino, che tale credenza doveva essere stata aggiornata al tempo e al luogo. Dopodiché, continuò a leggere con crescente eccitazione. «*Tale leggenda mira a spiegare l'intento diabolico dietro la corruzione delle anime umane, ovvero dimostrare a Dio come, pur di sopravvivere, le sue creature siano capaci di qualsiasi nefandezza nei confronti dei loro simili. Certamente, la catena di passaggi della maledizione potrebbe, in linea teorica, andare avanti all'infinito, dato che individui inclini – anche a loro insaputa – a compiere azioni terribili al mondo non mancano mai. Di fatto però, nel tentativo di salvare la propria anima a spese degli altri, essi si dannano comunque agli occhi di Dio.*»

Ilie fece una pausa. Quelle parole collimavano con quanto anticipatogli dal mefistofelico figuro; lui era davvero stato capace di ingannare – sebbene ancora senza esito positivo – alcuni suoi simili e convincerli a seguirlo in una trappola mortale. Tuttavia, soppresse la vergogna senza troppi patemi e proseguì. *«Il Maligno si avvale del proprio potere per pungolare le vittime con perversità e divertendosi, a seconda dei casi, ad aiutarle nella loro caccia o a sviarle, mandando a monte i loro tentativi. Inoltre, il diavolo apprezza particolarmente che la vittima, per salvarsi, affibbi la maledizione a due tipi diametralmente opposti di anime, quelle candide e buone o quelle malvagie e dissolute – un fattore quest'ultimo di secondaria importanza per chi si deve sottrarre alle grinfie infernali.»*

D'improvviso, il taccuino cominciò a pulsare. Leggendolo, Ilie apprese che era mezzogiorno e che gli restavano appena 12 ore a disposizione. «Eppure» si disse «a dispetto di quanto dichiarato dal diavolo, creatura notoriamente mendace, forse c'è un modo per trarsi da questo impiccio, magari con qualche contro-incantesimo.» A questo scopo, nelle ore seguenti consultò l'altro testo, imperniato sugli esorcismi, ma non ottenne le risposte che cercava.

Poco prima delle tre del pomeriggio, lasciò la biblioteca e decise di andare a zonzo ed escogitare una buona scusa per buggerare Otto. Lo reputava un dissoluto, ma non certo un malvagio. Non per questo si fece degli scrupoli. «Vivere nascondendo agli altri la propria natura non è già una condanna? In fondo, egli è un infelice e il suo sacrificarsi al mio posto sarebbe per lui quasi una liberazione. Inoltre, e ciò vale per chiunque altro, non è mica detto che non se la debba cavare; magari riuscirà anche lui a sbolognare il taccuino a un babbeo qualunque. È abbastanza intelligente per farlo, dopotutto.»

Più determinato che mai, passò il tempo che lo separava dall'incontro con Otto passeggiando e fumando le poche sigarette rimastegli finché, nell'imminenza dell'appuntamento, gli venne l'idea che avrebbe dovuto persuadere l'ignaro artista a seguirlo. Espresse la propria esultanza con un sogghigno, congratulandosi per la propria inventiva.

Giunto in prossimità della sua nuova meta, sentì il corpo estraneo pulsare nuovamente nella tasca interna. Ciò che lesse fu inatteso e sorprendente: «*Azzardiamo scommesse?*».

Sulla scorta delle ultime esperienze, si innervosì, ma entrò egualmente nel palazzo che ospitava lo studio di Otto. Poi salì le scale senza incrociare nessuno, ma udendo l'eco dei propri passi risuonare pesantemente, in modo quasi premonitore.

Giunto all'ultimo piano suonò il campanello. Attese a lungo, ma invano, ed era sul punto di riprovarci, quando la porta si aprì di poco e un bellissimo occhio castano, con striature verdi, apparve. Ilie riconobbe subito a chi apparteneva. «Monica? Tu qui?»

Il volto sorridente della giovane si sporse del tutto sulla soglia. «Non sarai mica sorpreso, vero? Come se fosse la prima volta che mi trovi da Otto.»

Ilie, seppure contrariato per la presenza di Monica, fece buon viso a cattivo gioco. «Io e Otto dovevamo vederci per una questione importante. Non sapevo che avesse invitato anche te.»

«Infatti, non mi ha invitata. Dai, non restare lì impalato.»

Una volta entrato, Ilie notò che Monica era ancora vestita di tutto punto. «Sei appena arrivata anche tu, dunque? Di solito, quando ti trovo qui, sei già discinta e in posa.»

«Non oggi. Comunque, ti consiglio di non toglierti cappotto e guanti, non vorrai certo restare troppo. Otto è in bagno, accomodati pure.»

Ilie non comprese quelle strane parole ma non ne indagò il senso, dirigendosi attraverso un corridoio dagli ampi scaffali pieni di libri, verso il bagno, la cui porta era aperta. «Otto? Sono io. No, dico, sei presentabile? Niente scherzi, eh?»

Al perdurante silenzio, Ilie reagì, infilando il volto nella fessura e, così facendo, vide riflesso nello specchio il corpo di Otto nella vasca da bagno. E soffocò a stento un urlo.

Il nobiluomo ungherese si era tagliato le vene nella vasca colma d'acqua e ormai i suoi occhi erano spalancati su abissali profondità, mentre il suo corpo, che nella posa scomposta ricordava il Marat dipinto da David, conservava perfino nella morte un residuo di distinzione gentilizia. Sul tappetino, giacevano un rasoio e una lettera macchiata di sangue.

Ilie si ritrasse inorridito e percorse a ritroso il corridoio; così facendo, scorse casualmente una parola scritta in maiuscolo: *POKOL*. Sentì un gelo mortifero corrergli lungo la spina dorsale quando rammentò di aver visto la parola in questione sulla vetrina del ristorante dove aveva contratto la maledizione; tuttavia, si riebbe quasi subito quando comprese che quel termine era in realtà un titolo stampato sul dorso di un libro.

Ecco perché il nome del ristorante gli sembrava familiare! Lui aveva percorso quel corridoio dozzine di volte e, in modo subliminale, gli erano rimaste impresse quelle lettere dorate; *Pokol* era infatti la traduzione ungherese dell'inferno dantesco, un'edizione rara della quale il defunto si era vantato anche con lui. «Che io abbia sempre avuto coscienza della sorte prescrittami e anticipatami da messaggi non espliciti, come questo titolo? O che il diavolo abbia voluto rammentarmi come ogni piccolo, insignificante particolare da me vissuto e immagazzinato contenesse già la mia fine ineluttabile?» si chiese.

Avvicinò la mano a quel libro e fu sul punto di sfilarlo dallo scaffale ma poi vi rinunciò, preferendo tornare in soggiorno, dove Monica, accomodatasi sul divano, era intenta ad addentare con noncuranza una coscia di pollo. «Scusa se non te l'ho anticipato, ma credo che quella vista valesse più di mille parole. E, perdonami se non faccio complimenti, ma oggi non ho ancora mangiato, così sono andata in cucina dove ho trovato questo pollo freddo. Non mi pare giusto che vada sprecato. A proposito, ho fatto bene a suggerirti di non toglierti i guanti, vero? Anche se il suicidio è evidente, meglio non correre rischi, non ti pare? Oh, capperi, hai una faccia!»

Dato che il traumatizzato Ilie non apriva bocca, non le restò che proseguire: «Mi trovavo a corto di contanti e così sono passata da Otto per chiedergli di saldarmi le ultime due sedute. Non è venuto ad aprirmi e la cosa mi ha insospettito perché il sabato per lui è il giorno consacrato alla creatività. Così, siccome io so che lui tiene una copia della chiave sotto lo zerbino per il suo amante, ne ho approfittato. Mal che fosse andata, lo avrei atteso seduta in soggiorno. A proposito, dal biglietto parrebbe che sia stato proprio Teodor la causa del suo suicidio».

«Qu-quale biglietto?» balbettò Ilie.

«Il messaggio che gli ho preso e che stavo leggendo» disse Monica, pescando un foglio da un vassoio d'argento sul quale erano sparse alcune banconote di grosso taglio. «Il padre del ragazzo, un politicante, ha scoperto la tresca fra suo figlio e Otto e ha costretto il giovane a denunciare il nostro compianto amico come sodomita. Otto ha ricevuto una lettera da Teodor stamane, sul tardi – credo che sia rimasta in bagno – nella quale il giovane spiega quanto ti ho detto e si scusa per il tradimento, esortando il nostro comune amico a lasciare il paese. Ma Otto ha preso un'altra decisione. Poveraccio! Certo che non ha avuto un'esistenza molto felice, specie se si pensa che il suo segreto, di recente, era stato scoperto da altri e che ciò aveva implicato un... diciamo un dazio da pagare. Io, in verità, con la mia anima artistica, mi sono rivelata più discreta.»

Ilie colse l'allusione e la guardò di sbieco. «Di che parli?»

«Ebbene, tra gli alti lamenti contro il mondo crudele, il buon Otto ti ha dedicato un paio di righe. Certo, la sodomia è un reato grave, ma anche il ricatto fa la sua porca figura.»

Ilie si sentiva teso come una corda di violino. Stava per sbottare contro quella donna spregiudicata, quando capì che il piano concepito per ingannare Otto poteva essere riciclato, adattandolo alle nuove circostanze.

Si avvicinò a Monica, fingendo disinteresse per le accuse del morto. «Ebbene, perché non dirlo? Conoscevo la debolezza di Otto e, forse, ne ho tratto profitto. Ma di recente mi è capitata un'occasione – la più grande della mia vita – e io ero venuto qui non per riscuotere soldi, bensì per proporre un affare.»

«Non giustificarti, Ilie. Del resto anch'io mi facevo elargire qualche mancia in più; sono discreta, ma non stupida. Comunque, tanto per la cronaca, di che affare si trattava?» chiese accavallando le gambe e buttando ciò che restava della coscia di pollo nel vassoio.

Ilie, fingendo riluttanza, si accinse a dare le sue spiegazioni a Monica. «Vedi, si dà il caso che io abbia inviato un copione a Murnau – sai, il regista tedesco emigrato a Hollywood. A quanto pare, il copione è stato molto apprezzato e la storia verrà girata nei prossimi mesi proprio qui, in Romania. Il testo è un trattamento analogo al *Nosferatu* dello stesso Murnau ma dagli sviluppi assai più articolati, la cui messa in scena richiede ampi mezzi. Una cosa davvero in grande, basata su capitale americano e sul lavoro di maestranze locali; non a caso, per le scenografie del film ho proposto Otto. Ecco, di questo ero venuto a parlargli. Di questo e di...» fece una pausa calcolata e sapiente prima di gettare l'amo «... di un'attrice locale, una tipica bellezza rumena che dovrebbe interpretare il ruolo femminile principale.»

Gli occhi di Monica s'accesero di ambizione. «Attrice locale?»

«Sì, sì, locale. Vedi, la mia storia, rispetto al film tedesco di qualche anno fa, è molto più rispettosa delle tradizioni nostrane e i produttori americani, nonché lo stesso regista, non vedono l'ora di sbarcare in Romania e di sfruttare il paesaggio e i monumenti – come il castello di Vlad Tepes – con un occhio ai costi di produzione, che sarebbero di certo inferiori a quelli negli Stati Uniti.»

«Attrice locale. E tu sai già chi potrebbe essere?»

«No, non ancora. Ma ce ne vuole una con i giusti attributi, perché l'alternativa è un nome altisonante dall'estero, quello di Louise Brooks, che come ben sai ha un caschetto identico al tuo.»

«Io me la divoro quella stronza della Brooks! Rispetto a me, come attrice non è degna neppure di...»

«Non ti scaldare! La parte non è ancora stata assegnata. Inoltre, in qualità di autore della sceneggiatura, io ho voce in capitolo. Che ti credi?»

Monica lo fissò intensamente. Ilie comprese che lei stava cercando di capire che cosa si celasse veramente dietro quei discorsi allettanti e attese, speranzoso. L'attesa non durò a lungo, perché se il sospetto della ragazza nei confronti dell'astuto sceneggiatore era forte, ancora più forte era il suo desiderio di diventare una stella di prima grandezza.

Monica alzò un sopracciglio e atteggiò le labbra a una smorfia che si distese in un sorrisino velenoso. «Vedremo, Ilie, vedremo. Intanto, se non ti spiace, questa lettera me la tengo io» disse infilando quell'atto di accusa di un morto nella borsetta «diciamo come piccola garanzia. Non sia mai che io debba usarla, qualora tu mi abbia mentito su questa produzione internazionale...»

«Ti ripeto che ero venuto qui a proporre questo progetto a Otto. Anzi, stasera, sul tardi, avremmo dovuto cenare con uno dei produttori – lo hai incontrato anche tu una volta, quell'anziano signore dall'aspetto giovanile, quell'italo-americano... come si chiama?»

«Vuoi dire Edison Canestrale?»

«Proprio lui. Ormai a Hollywood è ritenuto una sorta di Re Mida che trasforma in oro tutto ciò che tocca. Purtroppo non si fermerà qui a Bucarest che per poche ore. Dovrebbe infatti partire domani mattina, ma ci avrebbe tenuto a incontrare Otto a cena – un po' sul tardi, in un localino appartato. Sai, il progetto è ancora in fase di studio e....»

«E invece di Otto, il caro Edison incontrerà me. Che te ne pare come colpo di scena?»

Ilie sbuffò. «Facile per te dirlo. Io intanto dovrò trovare una giustificazione per l'assenza di Otto. D'altro canto...» s'interruppe e la squadrò «D'altro canto – perché non dirlo?

– il tuo fascino potrebbe impreziosire una cena altrimenti noiosa. Non so che…»

Non terminò la frase perché Monica, tirandolo per il cappotto, lo abbassò verso di lei per poi zittirlo con un bacio. Dopodiché, ella mormorò: «Questo per ricordarti che pure in Romania ci sono donne all'altezza del grande cinema internazionale. Allora, siamo intesi?»

Ilie, in cuor suo soddisfatto ma fingendo rassegnazione, allargò le braccia e annuì. «Mi arrendo.»

Monica si alzò, afferrò le banconote sul vassoio e le dispose a ventaglio. «Che dici, dividiamo? Tanto per sancire la nostra collaborazione.»

Stabilita quella complicità, i due uscirono in silenzio e scesero le scale quasi di soppiatto. Né l'uno né l'altra avevano voglia di farsi trattenere dalla polizia in lunghi interrogatori. «Per fortuna che oggi il portinaio è in permesso e che, a quest'ora, la brava gente del caseggiato è indaffarata in altre faccende o a prendere aria. A proposito, Ilie, come combiniamo per stasera?»

«Visto che siamo dirimpettai, passerò a prenderti verso le sette. Tra l'altro, non è improbabile che il buon Edison ci raggiunga un po' tardi – sai come sono questi produttori. Ma non ti preoccupare, noi attaccheremo con una cosa semplice e sobria come una zuppa, mentre lo aspettiamo – umpf, a proposito, potresti portare con te quello scritto di Otto e darmelo, una volta che avrai constatato la veridicità del progetto? O quanto meno, distruggerlo sotto i miei occhi?»

«Vedremo. Intanto, mi vado a preparare degnamente, iniziando col fare acquisti ai grandi magazzini. Non è cosa da tutti i giorni incontrare un produttore del calibro di Edison. A dopo!»

Monica salutò alzando la mano inguantata, poi piegò a sinistra, verso un incrocio.

Ilie sospirò, soddisfatto, mentre la vedeva allontanarsi. Finalmente ce l'aveva fatta e ora avrebbe potuto pensare con calma a un profluvio di parole mielate con le quali riempire le orecchie di Monica fino al momento topico. «Missione compiuta, alla fine.»

Ma non aveva nemmeno finito di pronunciare a bassa voce quelle parole, che capitò qualcosa di allucinante: mentre Monica attraversava la strada, una macchina – nel tentativo di evitare un camioncino che aveva preso una curva con eccessiva disinvoltura – sbandò, investendo in pieno l'aspirante stella e proiettandola in aria.

Ilie, colpito dallo stridore di freni, si girò di scatto e – come in una sequenza cinematografica rallentata – seguì stupefatto la traiettoria di quel corpo, solo qualche istante prima scattante e vitale e ora ridotto a una marionetta rigida e piegata in modo innaturale, che finì con l'atterrare fragorosamente sopra il carretto di un fruttivendolo, sfasciandolo. La macchina, invece, terminò la propria corsa incuneandosi nella vetrina di una macelleria.

Nei minuti che seguirono, passanti, poliziotti di quartiere, proprietario del carretto e guidatore del camioncino, s'appressarono attorno all'immobile Monica, cercando affannosamente di prestarle soccorso; qualcuno gridò che ella aveva le gambe fracassate, un altro invocò a gran voce l'intervento di un medico.

Ilie, invece, appoggiato al muro di un palazzo, era in preda a un riso isterico. Non solo era svanita sotto il suo naso una nuova possibilità di salvezza ma, a peggiorare le cose, nella borsetta di Monica – schizzata sul selciato a qualche metro dal corpo martoriato della ragazza e già raccolta da uno dei poliziotti accorsi – era contenuto il compromettente biglietto di Otto.

La ritmica pulsazione del taccuino lo scosse. Seguendo l'ormai consolidata pratica ne lesse il contenuto: «*Guarda nel tuo portafoglio*». Obbedì e le sue dita tremanti scovarono, tra un paio di banconote gualcite, la nota incriminata.

Esultò, stringendola in mano e poi, girato l'angolo e sottraendosi a qualsiasi coinvolgimento e a sguardi indiscreti, la strappò in mille pezzi. Rise di nuovo, stavolta di sollievo.

Concluse che, dopotutto, doveva essere grato al taccuino che gli aveva fornito nel modo più inverosimile – ma perfettamente logico nell'ottica demoniaca – una imbarazzante testimonianza da distruggere. Non dubitava però, come scritto nel libro consultato in biblioteca, che tale aiuto fosse un'ulteriore, infernale beffa da parte di quelle forze che lo avevano in pugno e che giocavano crudelmente con lui e la sua disperazione.

Inoltre, mentre il tempo era ormai agli sgoccioli, restava ancora irrisolto il problema principale; il buio era già calato e, tra poco, gli sarebbe toccato ritornare tra gli artigli del diavolo. Peggio ancora, data la fibrillazione che lo aveva assalito per i continui colpi di scena, non riusciva più a connettere e a ragionare freddamente su chi mai avrebbe mai potuto prendere il suo posto.

Vagava già da mezz'ora, disperato, quando un lampo squarciò le tenebre della sua mente; un ubriaco, all'angolo di una strada, stava tenendo concione e sbraitava contro le anime nere attese dalle fiamme dell'Inferno a causa dei loro peccati. Di colpo, Ilie si bloccò. «Ma certo! Il libro di Bologan menzionava malvagi da sacrificare al posto di chi era stato preso di mira dalle forze demoniache. Probabilmente è ciò che avrei dovuto fare fin dall'inizio, trovare non degli esseri umani ordinari o individui meschini, bensì dei veri farabutti.»

E quale anima putrida avrebbe potuto sostituire al meglio la sua se non quella di Jacub Raab? «Quell'ignobile strozzino! Perché non ci ho pensato prima?»

Si diresse a passo sostenuto verso l'indirizzo dell'usuraio, cercando al contempo un modo per prenderlo al laccio. Con ammirevole caparbietà la sua mente elaborò ogni tipo di piano fino a quando, giusto nel momento in cui saliva le scale che portavano all'ufficio di Raab, non gli parve di aver trovato la menzogna più credibile.

Davanti alla porta in vetro con la scritta Raab Jacub bene in vista esitò un istante, poi bussò. Accolse l'invito a entrare con un certo nervosismo, perché quella era un'opportunità da non sprecare. Aprì la porta e il campanellino all'interno tintinnò. «Buonasera, Jacub. Sono io, Ilie.»

Raab era un tipo pasciuto, se non grassoccio, con folti capelli neri e occhialini cerchiati d'oro, gli scoccò uno sguardo livido da dietro la scrivania sepolta da scartoffie. «Ma tu guarda. L'ultima persona che mi aspettavo di vedere. Il mondo è davvero pieno di sorprese. Avanti, avanti!»

Ilie, come se stesse entrando in chiesa, si tolse il cappello e disse: «Ho saputo che mi cercavi».

«Esatto. Siamo in ritardo con i pagamenti, Ilie. E il ritardo non è leggero.»

«Lo so, Jacub, ma ho avuto il mio bel daffare a reperire questi» replicò Ilie, mostrandogli una parte cospicua delle banconote sottratte al defunto Otto.

Raab aguzzò la vista e, piacevolmente sorpreso, fece cenno a Ilie di avvicinarsi. Appena ebbe le banconote in mano, commentò: «Addirittura 200 in una volta sola! Complimenti. Allora puntare soldi all'ippodromo stavolta ha pagato.»

«Oh, no. Niente scommesse, bensì un piccolo servigio effettuato per conto di un signore che, trovandosi in impreviste ristrettezze, ha bisogno di piazzare alcuni suoi pezzi da collezione e che, anche grazie alla mia mediazione, è riuscito a vendere un prezioso quadro. I 200 che hai mano sono la mia… ehm, commissione.»

Raab corrugò la fronte. «Commissione? Vuoi dire che questa è la tua percentuale per una vendita effettuata fra collezionisti privati o qualcosa del genere?»

«Esatto. E colui che ha espresso la propria gratitudine in modo così tangibile è una persona a te ben nota, il conte Joachim Erwin Von Frättling.»

A quelle parole, Raab drizzò le orecchie. «Il conte è in città? E da quando?»

«Oh, da qualche giorno. È in incognito, perché la delicatezza della sua situazione attuale – causata da un crollo dei suoi investimenti e dai debiti accumulati al tavolo verde –

glielo impone. Inoltre, sai quanto egli sia suscettibile e come si urti per semplici questioni di etichetta, dunque figurati quanto ci tiene al proprio buon nome.»

Raab, che faticava sempre più a nascondere un crescente interesse, domandò: «E dimmi, per caso tra i pezzi che egli ha dovuto vendere c'era anche…»

«No, la *Venere Azzurra* non era tra i pezzi venduti – o meglio, non lo è ancora. Ma è inevitabile che lo sia e, pertanto, conoscendo la tua predilezione per quel quadro, in qualità di mediatore, ma non potendo rivelare a chicchessia – e per ragioni molto evidenti – il nome del gentiluomo in difficoltà, ho ritenuto giusto contattarti. Ho fatto bene?»

La *Venere Azzurra* era un quadro risalente al XVII secolo, opera di un licenzioso abate francese dai costumi libertini e in odore di scomunica, la cui abilità artistica aveva però conquistato e rabbonito molti potenti; quel ritratto in particolare, commissionatogli da una cortigiana bene in vista, era un nudo di fattura straordinaria, circondato da un alone leggendario.

Tale dipinto era divenuto l'ossessione di molti collezionisti, compreso Raab; che annuì e poi disse: «Hai fatto molto bene. E così, hai trovato una fonte di guadagno insperata, eh?»

«Sai com'è, io e il conte abbiamo in comune il vizio delle carte ma lui, stavolta, si è giocato anche il monocolo – oh, oh. Uhm, ma io sto perdendo tempo. Ascoltami attentamente, se vuoi combinare l'affare; io e Von Frättling abbiamo stabilito di fissare gli incontri sul tardi, in un ristorantino poco frequentato, nella parte vecchia della città. L'ultimo appuntamento, prima che il conte lasci il paese d'adozione e torni per sempre nella natia Carinzia, è fissato per stasera.»

Raab fece una smorfia di disappunto. «Stasera? Impossibile, stasera proprio no.»

«Ma deve essere stasera, altrimenti, non se ne farà più niente!»

Per quanto deluso, l'usuraio scrollò il capo con decisione. «No, mi spiace. In qualsiasi altro momento, ma non stasera.

Ceno dalla vedova Ingermann, una trentenne che ha appena sepolto il marito ottuagenario e che necessita di contante. Il resto lo lascio alla tua immaginazione.»

«Non mi dirai che non ti attira la fama della città vecchia. Magari, hai paura di certe voci che circolano su quei quartieri. Non sarai superstizioso, per caso?»

«Né superstizioso né religioso, tant'è vero che sto lavorando anche di sabato. Ma ciò che non è possibile, non si può mutare. E dunque…»

A Ilie, che non aveva escluso la possibilità di un contrattempo di quel genere, non restò che giocare la carta di riserva.

«Sta bene, Jacub» sospirò. «Se non si può fare, pazienza. Vuol dire che concluderò l'affare con qualcun altro. Bene, non mi resta che andare; la casa di Saul Burak si trova all'altro capo della città. Lo disturberò a un'ora tarda, ma sono certo che sarà comprensivo nei miei confronti.»

A quelle parole, Raab schizzò dalla sedia. «A chi hai detto? A Saul? Quell'incolto arricchito? Ma che ne sa lui di arte?»

Ilie scosse la testa.

«Mi spiace, Jacub, ma gli affari sono affari. Credo che tu, più di chiunque altro, mi possa comprendere.» E, così dicendo, si rimise il cappello e si voltò per andarsene, ma Raab lo fermò.

«No, aspetta! Non sia mai che – e va bene! Se proprio non si può evitare…»

Ilie, soffocando la gioia per il bluff andato a buon fine, tornò sui propri passi. «Lieto che tu abbia cambiato idea, vecchio mio. Del resto hai proprio ragione, Burak è un cafone arricchito e non merita di avere un tale capolavoro. Ora, se posso, vorrei darti un consiglio che apprezzerai molto.»

Lo scribacchino, a cui la paura doveva aver aguzzato l'ingegno, aveva intenzione di prendere due piccioni con una fava, ovvero affibbiare la maledizione allo strozzino e spillargli al contempo un sostanzioso gruzzolo.

«Che dici» buttò lì «pensi di potermi abbuonare il resto del debito?»

«E che cosa ti fa credere che questa occasione mi renda così malleabile?» replicò gelido Raab.

Ilie decise di vibrare l'affondo finale: «Perché credo di poterti agevolare nella trattativa: infatti, il conte è con l'acqua alla gola, e anche se alle battute iniziali pretenderà una somma sostanziosa – 60.000 o 50.0000 – egli è disperato e sono certo che si potrà concludere per 35.000, forse anche meno. Un bel risparmio per te, in ogni caso. Non credi?»

«Mi meravigli, Ilie. Pensavo che ci tenessi alla tua percentuale.»

«Infatti. Ma tengo molto di più al mio debito. Io lo cancello con il risparmio che tu ottieni grazie alle mie indicazioni, mentre la percentuale del conte sul prezzo di vendita me la becco comunque. Geniale, no?»

«Ineccepibile. Comunque, io dovrò pure giustificarmi davanti alla vedova Ingermann. Ti spiace se passiamo un attimo a trovarla, prima di andare al ristorante?»

«Niente affatto. Anzi, ti fornirò un alibi eccezionale per l'imprevisto che ti ha mandato a monte la cena. Lascia fare a me.»

«Uhm, pensandoci bene, però, non mi va molto di girare per stradine buie con un capitale in tasca.»

«Se hai timori di questo genere, la somma posso nasconderla volentieri io, sulla mia persona.»

Raab borbottò qualcosa ma poi ammise: «Uhm, va bene, dopotutto non hai certo l'aria di un benestante. Ora voltati verso il muro, non voglio che tu veda la combinazione della cassaforte».

Ilie obbedì. Solo per scaramanzia non si permetteva ancora di pregustare la duplice vittoria sul diavolo e su Raab, ma era già proiettato oltre quelle mura, verso il ristorante e la libertà, quando il campanellino tintinnò e qualcuno irruppe nella stanza.

Era un giovanotto dal volto emaciato e dagli occhi spiritati, con un cappello mencio calcato in testa. Indossava solo

un gualcito impermeabile, si muoveva a scatti come uno squi-
librato e, per quanto fosse abbastanza distante da lui, Ilie sentì
l'odore di frittura e di vino scadente che impregnava gli abiti
di quella misera figura. D'improvviso, lo scrittore ebbe la
sgradevole sensazione che il destino gli avrebbe giocato un
altro tiro.

«Raab!» esclamò il giovane, con voce arrochita e in tono
esagitato. «Maledetta sanguisuga! Ho bisogno di quel denaro
entro stasera. Ne ho bisogno, capisci?»

L'usuraio, alzatosi e riconosciuto l'intruso, inalberò la sua
espressione più sdegnosa, prima di liquidarlo con disprezzo.
«Qui per te non c'è più credito. Vattene, ubriacone e morfino-
mane.»

Per tutta risposta lo sconosciuto estrasse una rivoltella. «Ti
ho detto che ne ho assoluto bisogno. Dammelo.»

Raab, davanti alla minaccia, si avvicinò alla scrivania e
fece per estrarre qualcosa da un cassetto, ma non fu abbastanza veloce. Una scarica di proiettili lo investì in pieno ed
egli cadde in avanti senza un grido, assieme a una pila di scartoffie.

Per un attimo calò un silenzio così denso che si sarebbe
potuto fenderlo con un semplice battito di ciglia. Poi Raab
iniziò a contorcersi spasmodicamente, mentre il giovane,
scosso da un veemente tremito, gettava via la rivoltella come
se gli scottasse in mano. In quell'istante, il suo sguardo incrociò per la prima volta quello spaurito del defilato Ilie, che lui
dapprima non aveva scorto.

L'inattesa scoperta di un testimone oculare gettò nel panico l'improvvisato assassino che, mentre Raab esalava un
estremo e cavernoso rantolo, se la diede a gambe.

Lo scrittore – dopo aver assistito all'ultimo di una serie di
eventi scioccanti – per qualche secondo restò interdetto; poi
decise di svignarsela e in breve tempo quasi raggiunse il ve-
locissimo omicida, il quale, una volta scese le scale, piegò a
sinistra.

Ilie non lo imitò, buttandosi invece a destra. Fu così che, all'angolo della strada, quasi si scontrò con un poliziotto. I due si fissarono per un breve istante, prima che Ilie alzasse il cappello, deferente, e corresse via mormorando un «con permesso».

«Maledizione!» pensò. «In questa città ci sono più sbirri che piattole! Non puoi girare un angolo che te ne ritrovi uno tra i piedi. Mi avrà visto ben bene in faccia e ci metterà poco a collegare l'uccisione di Jacub con i miei debiti!»

In realtà, dopo non molto, la parte ancora razionale della sua mente reagì in modo diverso. Dopotutto, l'arma del delitto non portava le sue impronte e il nome di quel giovane doveva essere certamente nei registri di Raab. Di che potevano accusarlo? «Di complicità» si disse. «Quello era un tossicomane, come minimo mentirà e mi coinvolgerà nel delitto per avere uno sconto di pena. Che altro posso aspettarmi con la iella che mi ritrovo? Ma che importa, tra poche ore per me arriverà comunque la fine.»

Mentre iniziava a nevicare arrancò per le vie di Bucarest, battendo i denti e cianciando tra sé, ormai certo di essere destinato al peggio, finché si ritrovò nei pressi dell'appartamento di Zorana. Accortosi di dove era, si fermò a riflettere; aveva provato e fallito con un essere malvagio, ma ora – inconsciamente o meno – si era diretto verso l'abitazione di un'anima che, a dispetto della professione che il corpo praticava, si poteva definire generosa, se non addirittura nobile.

Non esitò a lungo e corse verso la sua ultima speranza. Quando, completamente senza fiato, fu davanti all'appartamento della matura *entraîneuse*, suonò il campanello. Non ottenendo alcuna risposta, iniziò a tempestare di pugni l'uscio.

Il martellante rumore attirò l'attenzione di una vicina di Zorana, la signora Perveler, la quale si affacciò sulla soglia e chiese: «Sta cercando la signorina? Non è in casa, ma dovrebbe tornare tra qualche ora. Me lo ha detto lei che aveva delle commissioni da fare e che stasera non avrebbe lavorato, anzi che sarebbe tornata prima del solito, entro le dieci».

Ilie respirava ancora affannosamente e ci mise qualche secondo ad articolare una risposta.

«Dunque tornerà! Bene. Ma adesso che ore sono?»

«Sono solo le otto.»

Ilie si morse il labbro, pensoso; qualche secondo più tardi domandò: «Ha carta e penna, signora?»

La vicina fece un cenno di assenso con il capo e tornò con quanto richiestole. Poi osservò quell'uomo agitato scribacchiare qualche riga su un foglio e, dopo averlo piegato in due, infilarlo sotto la porta: «Per favore, qualora lei riesca a parlare con la signorina, le dica che Ilie è venuto per lei e che le ha lasciato un messaggio urgente. Questione di vita o di morte!»

La Perveler, un po' allarmata dall'accento drammatico che Ilie aveva usato, acconsentì. Lui, borbottando un saluto, se ne andò di corsa giù per le scale. Una volta in strada, i suoi sconnessi pensieri si rivolsero al piano appena concepito. «Trovarci entrambi al solito posto, lontano da tutti… confessare le mie mancanze affettive nei suoi confronti e la mia ingratitudine per il suo aiuto, proporre una cena riparatrice per scusarmi... Sì, può funzionare.»

Per quanto la spossatezza e l'avvilimento si stessero facendo sentire, la volontà di sopravvivere lo manteneva ancora vigile e combattivo, mentre le sue stanche gambe solcavano la neve depositata a coltri sulle strade buie. «Deve riuscire, stavolta deve riuscire! Successo o catastrofe!»

Raggiunse il bistrot «*Da Iovan*», il ritrovo storico di lui e di Zorana, e si sedette in un angolo appartato ma che gli permetteva di tenere sott'occhio l'ingresso del locale. Ordinò un doppio brandy e attese spasmodicamente che l'*entraîneuse* si presentasse.

Si lasciò gocciolare addosso i secondi mentre, inciprignito, meditava con gravità su come il Maligno avesse scoperchiato la sua vera natura. «Sì, il diavolo aveva ragione. Sono una carogna, un verme capace di qualsiasi cosa pur di sopravvivere. Eppure non me ne vergogno. Chiunque fosse sano di mente farebbe lo stesso. E poi, perché Dio non mi ha aiutato? Perché mi ha abbandonato, lasciandomi in balia del male? Sono così indegno ai suoi occhi? E dunque, se così è, così sia! Vuol dire che mi salverò da solo.»

Per infondersi coraggio, trangugiò il primo brandy e poi un altro e un altro ancora, ma senza giovarsene troppo, mentre il tempo adesso sembrava scorrere sempre più veloce e Zorana latitava. Poi, quando l'orologio del bistrot collocato sopra il bancone scoccò le undici, dall'ingresso del locale entrò un giovane infagottato in un cappotto che si diresse spedito verso un cameriere. I due confabularono per un po' tra di loro e, infine, il giovanotto – che sembrava aver lasciato qualcosa all'interlocutore – guadagnò l'uscita in gran fretta.

Ilie aveva osservato la scena con scarso interesse, ma quando vide quello stesso cameriere puntare su di lui con una busta in mano, gli si aggricciarono le carni. «Questa è per lei, signore» si sentì dire da una voce profonda, che gli parve risuonare dall'oltretomba.

Attendendosi il peggio, prese la busta e la tenne in mano a lungo, fissandola. Finì con l'aprirla e leggerne il contenuto. *«Caro Ilie, ho ricevuto il tuo biglietto con la richiesta di trovarci per un chiarimento definitivo del nostro rapporto. Temo che tale richiesta giunga in ritardo e, se la scorsa notte tu non avessi lasciato il mio appartamento prima che io mi svegliassi, ti avrei rivelato qualcosa. Ritengo infatti che tra noi non ci siano speranze, soprattutto per colpa tua, così avverso a ogni vincolo affettivo. Pertanto, ho deciso di troncare la nostra cosiddetta relazione e di lasciare Bucarest al seguito di una persona da me conosciuta recentemente grazie ai soliti giri, il Signor Victor Neuville, commerciante di salumi nativo di Digione. Non si tratta di un fuggevole incontro; Victor era qui per affari, ci siamo conosciuti e...»*

Non finì la lettera. La accartocciò rabbiosamente e la gettò a terra, sotto lo sguardo scocciato del cameriere che gliel'aveva portata. Dopodiché si alzò e uscì dal locale.

La neve non cadeva più e stava anzi ghiacciando sulle strade, ma lui non ci badò; dopo l'ultima delusione, si sentiva

86

intorpidito e restò rigido come uno spaventapasseri fino a quando il taccuino pulsò. Non gli restò che leggere l'ultimo messaggio: «*Fattene una ragione, vecchio mio*».

Davanti a quelle parole, iniziò a sganasciarsi sfrenatamente, lasciando che l'eco della propria risata si riverberasse per le vie della città. Infine, sull'onda di una ilare disperazione, eppure colmo d'ira contro tutto e contro tutti, si mosse verso il proprio destino.

Così, dopo le risate, abbaiò la propria furia verso il cielo; nel silenzio cimiteriale della notte vomitò commenti inenarrabili sull'ingiustizia divina, un contegno che attirò gli sguardi sbalorditi dei rari passanti, alcuni dei quali si fecero il segno della croce.

I passi e le urla di Ilie rimbombavano come una eco da altri mondi, mentre egli zigzagava apparentemente senza meta. Presto, però, una strana calma interiore lo sopraffece – la stessa che, davanti al patibolo, pervade i condannati a morte spiritualmente prosciugati. Così, si lasciò trascinare da un soffio non umano che lo indirizzò verso il ponte della notte precedente.

Lo superò per forza d'inerzia e, in capo a pochi istanti, fu davanti al fatale ristorante. S'appressò alla vetrina e lasciò che il proprio alito si condensasse su quella liscia superficie, prima che ne venisse dissolto; in un soprassalto tragicamente poetico, volle credere che quel semplice gesto fosse emblematico e che presto la sua anima sarebbe stata risucchiata dal Male.

Stoicamente rassegnato, entrò. Una volta superata la soglia, seguendo le identiche mosse di Cioran, barcollò fino alla sedia posta vicino all'orologio in fondo alla sala, per poi accasciarcisi sopra. Un forte senso di vertigine si era impadronito di lui, inebriandolo di impalpabile irrealtà e anestetizzandone le paure. Nel frattempo, la pendola battè le 11.45 ed egli sentì il tempo stesso defluire dal suo corpo: «Ormai è finita» dichiarò con un filo di voce, troppo stanco per ribellarsi al fato inesorabile. «Rintocca pure, ultima ora» pensò chiudendo gli occhi.

E, quando li riaprì, lo vide seduto davanti a un piatto fumante.

Non lo aveva notato mentre vacillava attraverso la sala immersa nella penombra, eppure era senz'altro lui, Vlad Ducadam, l'odiato collega/rivale, l'invidiato e talentuoso damerino così ben introdotto negli ambienti che contano, il suo nemico, la causa prima delle sue disgrazie, la sua nemesi letteraria ed esistenziale.

Incredibile! La mano del diavolo – quella stessa mano che lo aveva seguito allo scopo di prolungarne la sofferenza, vanificando con sadica puntualità i suoi affannosi sforzi e nutrendo illusioni poi disattese – alla fine di un tortuoso percorso trapunto di tribolazioni inverosimili, gli consegnava la persona più detestata su un piatto d'argento.

Al contrario di Ducadam, che pure non ignorava la sua esistenza, Ilie conosceva il volto del rivale, ritratto con regolarità sui giornali e da lui perfino adocchiato da lontano durante un ricevimento. Era dunque certo di non poter essere riconosciuto e di potergli raccontare una verità di comodo.

Intanto, le braccia della pendola segnavano le 11.55.

Ilie, non più apatico e anzi rinfrancato dall'odio, si diresse con decisione verso Ducadam, prendendo una sedia da un altro tavolo e accomodandosi davanti a lui, come se fosse stato un suo vecchio amico. Ducadam assunse un'espressione stupita ma non proferì verbo, incuriosito da quell'inconsueto atteggiamento.

«Scusi, ha un minuto?» La voce di Ilie suonava profonda e dignitosa, quasi melanconica, e Ducadam si sentì in dovere di dargli retta: «Dica pure» replicò con formale cortesia.

Ilie non si fece pregare, dando false generalità: «Mi chiamo Enea Zamfir e sono… ma no, che importanza ha chi sono. Se mi permetto di disturbare un gentiluomo mentre mangia è perché…»

«Ho capito, buon uomo» l'interruppe Ducadam. «Ecco qua. Possono bastare, immagino.»

«No, no. Non è quello che sono venuto a chiedere. Anzi, io sono venuto a proporre uno… uno scambio, ecco» disse Ilie. «Sono disposto a cedere qualcosa per una sola cucchiaiata della sua zuppa.»

Ducadam rimase stupito da quella richiesta. «Come dice, prego?»

«Sì, una semplice cucchiaiata della zuppa che le hanno appena portato. Non chiedo altro e, in cambio, sono disposto a dare questo» affermò Ilie, posando sul tavolo il taccuino.

Ducadam, che pareva quasi trasognato, lo prese in mano, dapprima soppesandolo e poi aprendolo. «Ehm, carino, non c'è dubbio. Ma non credo di essere interessato. Un attimo, prego, se trovo un'altra moneta potrà chiedere al cameriere una scodella di brodo. O forse gradirebbe qualcosa di più sostanzioso? Della carne, magari?»

«No, no, no! Non voglio altro che assaggiare la sua zuppa. Solo questo» gridò Ilie che, di colpo, s'era fatto agitato e nervoso e che, da qualche secondo, a cadenza regolare, si girava verso l'orologio dietro le sue spalle.

Ducadam lo fissò con fare inquisitivo, per un periodo non molto lungo ma che a Ilie parve eterno. «La prego! Mi assecondi? Che cosa le costa?»

Ducadam rifletté per un secondo poi, scrollando le spalle e allungò il piatto verso quel singolare accattone, porgendogli anche il cucchiaio. «Prego, si serva pure» disse.

Ilie, afferratolo senza tante cerimonie, lo tuffò nella zuppa densa. Dopo una breve esitazione, come se dovesse assaporare mentalmente un istante tanto agognato, ne ingoiò il contenuto.

Giusto in quel momento, scoccò la mezzanotte. Ilie chiuse gli occhi e si appoggiò allo schienale, sperimentando, con ogni probabilità, una sensazione indicibile. Poi li riaprì e disse: «Libero! Libero e con il mio nemico alla mercé del demonio. Un trionfo, un trionfo assoluto!»

Mentre Ducadam sbarrava gli occhi, Ilie si alzò, estasiato come solo i condannati graziati in extremis possono esserlo, e corse all'uscita gridando al rivale di sempre: «Il mio nome è Ilie Monescu e sono lieto che ti sia toccata la mia sfortuna. Ora vediamo come te la cavi! Ah, ah, ah!»

Ducadam lo guardò con palese meraviglia; non pareva rendersi ancora conto di ciò che gli era stato riservato in sorte.

Ilie uscì e chiuse la porta dietro di sé. Era finita, anzi era finita come meglio non avrebbe potuto; libero della maledizione che aveva pure rifilato all'aborrito rivale! Indicibilmente felice, respirò a pieni polmoni l'aria frizzante della notte, prima di schizzare come una pallina impazzita sulla neve ghiacciata, cantando a squarciagola e gravido di una vitalità che era sembrata definitivamente appassita. Forse il domani non sarebbe stato roseo, forse la polizia gli avrebbe dato delle noie, ma ora tutto gli sembrava meno minaccioso e meno cupo e ogni traguardo alla sua portata.

Anzi, ammise che c'era di più. «Questa storia si presta a una buona sceneggiatura... Sì, ecco che cosa ne farò. Oh, un trionfo nel trionfo!»

Sulle ali di quelle parole, giunse davanti al ponte di pietra che decise di attraversare di corsa. Colmo di euforia infantile, prese lo slancio e si catapultò a tutta velocità verso l'estremità opposta ma, all'ultimo istante, un piede gli scivolò e lui cadde all'indietro.

Atterrò sul cranio, in un terrificante schianto d'ossa e subito il buio l'avvolse.

«Ti è piaciuto il finale?»

Ilie comprese a stento la domanda, ma non capì chi l'avesse formulata. Riaprì gli occhi a fatica e si ritrovò seduto a un tavolo davanti a Ducadam, che lo guardava con aria sorniona. «A me è piaciuto, ma se tu ritieni che sia migliorabile, sono aperto a suggerimenti validi.»

«I-io» balbettò Ilie «io ero fuori, sulla neve. Sono caduto...»

«E che volo hai fatto, credimi!»

Ilie s'avvide che entrambi sedevano nel locale maledetto; la penombra era aumentata d'intensità e la luce si era ridotta al minimo, cosa che gli instillò un senso di oppressione. Tentò di riannodare le fila, ma non ci riuscì subito e finì col domandare: «Do-dove sono?»

«Dove sei sempre stato, Ilie. Nella mia mente.»

Squadrò il suo interlocutore, con scetticismo. «Nella tua... che?»

«Nella mia mente, nella mia immaginazione. Tu sei un parto della mia fantasia, Ilie. O, se preferisci un ragionamento più sofisticato, sei una mia proiezione onirica, una mia propaggine astratta.»

«Io sarei una... che cosa?»

«Mettiamola così. Io ti sto sognando e domattina, fresco fresco, mi alzerò con una nuova trama da trascrivere e da vendere. Un'altra storia di Vlad Ducadam, un racconto che gioca con gli stereotipi più triti della letteratura fantastica diventando un'opera metaletteraria – o magari, perché no, metacinematografica.»

Ilie fremette di stupore; eppure, stranamente, una parte di lui sembrava riconoscersi in quanto gli veniva rivelato. «Ma allora, la maledizione...»

«Originale, nevvero? E quanti significati intrinseci in questa storia dalle mille sfaccettature! In un certo senso, però, ti dovrei essere grato; senza di te, il mio nuovo racconto non avrebbe avuto lo stesso spessore. La tua essenza più bieca – che poi coincide con la mia parte più oscura – lo ha reso ciò che è, una grande riuscita.»

Lo sconcerto di Ilie si espresse in una risatina poco convinta. «Eh, eh. Ne ero certo. In fondo, l'ho sempre saputo di star sognando.»

«Al contrario. Come ti ho spiegato sono io quello che ti sta sognando; tu sei solo la parte di me che si manifesta nel sonno e che cerca di prendersi una rivincita quando la ragione dorme. Tu rappresenti tutto ciò che io vorrei fare ma non oso;

sei un abominio che io rifuggo di giorno ma che corteggio di notte, la mia parte vile, indegna, abietta, spregevole, inqualificabile, ignominiosa – il che ti rende una sicura fonte di ispirazione. Del resto, e tu lo sai meglio di me, sono i peggiori istinti dell'uomo a nutrire la creatività.»

La risatina di Ilie si fece più convinta. «Ah, ah, ah! E così, secondo te, io non esisterei se non nella tua mente? E la nostra rivalità, allora?»

«Guarda quello specchio alla tua sinistra e dimmi quello che vedi.»

Ilie s'irrigidì a quelle parole ma, lentamente, si girò di novanta gradi, verso uno specchio che non aveva notato prima di allora; vide l'immagine di Ducadam riflessa nello specchio. Era seduto al tavolo, ma da solo. «N-no. Non è possibile. Io… io sono reale, lo so! La mia vita è reale. Ho avuto un'infanzia, una giovinezza, una…»

«Hai vissuto una vita fittizia, Ilie. Ma, dico, non ti sembra strano che ogni volta che presentavi una nuova storia io ti battevo sul tempo, anticipandoti e usando le tue stesse idee in modo assai migliore? Ti potrei citare mille e mille episodi, ma a che servirebbe? Basta che ti guardi nella tua tasca interna. Ma tu sai già ciò che vi troverai.»

Ilie frugò dove Ducadam gli aveva indicato e, come aveva fatto tante altre volte, vi pescò il taccuino.

«Vedi? Pensavi di avermelo propinato, ma in realtà esso non ti ha mai lasciato. Quella pagina bianca ti appartiene; è la tua casa e la tua tomba, quella che attende da sempre te, uomo fatto di china. Puoi solo aspettare che io ti ci scriva sopra e niente altro.»

«Io sarei questo, un tuo personaggio?» si disse, ripensando ai vizi che lo caratterizzavano: la strafottente noncuranza, la sfiducia nel prossimo e nella vita che lo aveva portato ad approfittare degli altri senza dare nulla in cambio, l'apatia crudele e perfino la criminale freddezza di cui aveva dato ampia prova. Poteva tutto ciò avere una spiegazione così folle?

«Ricordati di Shakespeare: siamo fatti della stessa sostanza dei sogni. Tu addirittura due volte. Oppure, se preferisci, potrei citare l'affermazione di Calderon de la Barca: la vita è sogno. Ma è indubbio che la dimensione onirica sia, talvolta, più veritiera dell'esistenza stessa. Tu ne sei la prova; sei molto più reale di certe persone con le quali tratto ogni giorno e, forse, nemmeno tanto peggiore. D'altro canto, è vero che....»

Ilie lo guardò, attendendosi la fine di quella frase, ma Ducadam esitò prima di proseguire.

«Come avrai capito, in ogni caso – e questo è implicito – tu, come gli altri personaggi che ho inventato, vivi e vivrai esclusivamente in una dimensione fantastica. Non è poi così male, se pensi allo squallore di molte grigie esistenze cosiddette reali. Ma, poiché ogni cosa ha una fine, ho deciso di eleggerti a personaggio del mio ultimo racconto; anche perché, dopo questa ennesima fatica letteraria, credo che cambierò genere e non avrò più bisogno di te. Per quanto mi concerne, con l'avvento definitivo del sonoro, la commedia ha un futuro più brillante dell'horror. Pensa a quanto sarebbe intrigante lavorare a un copione zeppo di battute con quel fenomeno di Lubitsch – per quanto, la carneficina di questa storia abbia senz'altro un lato divertente.»

Ilie cercò di imbastire una domanda. «P-perché dici che non avrai più bisogno di me?»

«Ebbene, non sarà più necessario evocarti come alter ego sordido e malvagio, ricettacolo dei miei peggiori pensieri. È innegabile che il tuo comportamento sia stato ignobilmente meschino; eri pronto a fare una strage, pur di salvarti, e anche se alcune delle persone che volevi sacrificare al tuo posto non certo erano dei santi, non hai esitato a ingannarli per condurli a morte certa. In tutta onestà, non credo che ti meriti una fine migliore di quella che ho previsto per te.»

Ci fu una piccola pausa, durante la quale Ducadam assunse un'aria molto contrita. «Spiacente, dopotutto sei pur sempre una parte del sottoscritto; ma tu stesso mi hai imposto questa scelta e nessun finale alternativo può essere accettabile. Sono certo che converrai con la mia decisione.»

Subito dopo, Ducadam ammise: «Uhm, va bene, il mio non è soltanto un giudizio etico, è anche una constatazione di convenienza; al pubblico non piace che i cattivi se la cavino e, in un modo o nell'altro, pretende che paghino sempre per le loro malefatte. Io non faccio che adeguarmi alla legge del mercato. Tu che faresti al mio posto?»

Ilie non replicò. Un torpore invadente, che lo distanziava nella mente e nel corpo da quelle parole e da ciò che lo circondava, aveva iniziato a inghiottire la sua persona. Comprese che era venuto il momento del risveglio per Ducadam, la cui figura si stava dissolvendo sotto i suoi occhi, proprio come aveva fatto quella del diavolo.

Dunque la sua condanna era stata pronunciata, anzi era sempre stata scritta, ed egli avrebbe rivissuto nella mente dei lettori o degli spettatori gli stessi avvenimenti di quelle ultime ventiquattro ore, sperimentando sulla propria pelle una giostra di eventi destinata a girare eternamente e che avrebbero alternato in lui furore, paura, speranza e disperazione.

Gradatamente, la luce già fioca si affievolì sempre di più e lui si sentì fluttuare in una agglutinante condizione familiare che giaceva da tempo dimenticata dentro di lui e che adesso lo rivendicava. Lentamente, si immerse con riconoscenza nell'abbacinante realtà di un limbo bianco, un enorme palinsesto da sempre riservato soltanto a lui.

Ormai non più terrorizzato, bensì riconciliato con la propria sorte, si tuffò nel vortice statico della bidimensionalità, senza angosce o rimpianti, tornando definitivamente nel luogo da dove non era mai partito.

Il rito

"Tutto invece è rimasto immutato..."
Franz Kafka, *La tana*

Mentre rintoccavano le undici, Franz Joseph Hershowitz s'avvide di essere in ritardo. Pur aumentando l'andatura, non riuscì a scacciare la profonda angustia di chi è consapevole che un ritardo non gli sarebbe stato mai perdonato. Perché tutto dipendeva da lui, non aveva dubbi, sebbene non sapesse con precisione che cosa, effettivamente, dipendesse da lui.

Era andato a dormire alle dieci, come sempre, e si era a lungo rigirato nel letto, prima di sentire l'inderogabile necessità di lasciare il proprio appartamento. Era uscito di casa in giacca e cravatta e si era messo a girovagare, in un fluttuante stato allucinatorio, per strade avvolte in una nebbia tanto fitta quanto densa e impenetrabile era la bruma nella sua mente. Che quella strana sortita notturna fosse indispensabile ne era certo, tuttavia la ragione di tale urgenza irrazionale gli sfuggiva, e ciò era motivo di terrore per l'inappuntabile impiegato, che vantava ben due decenni di onorato servizio come funzionario pubblico.

«Che ci faccio qui?» si chiese, battendo i denti per il freddo. Sempre più smarrito, camminò a lungo senza potersi rispondere, quando udì un rumore. Fu dapprima un bombito sommesso, e poi diventò qualcosa che picchiettava ritmicamente sul selciato. Erano dei tacchi femminili.

In pochi secondi, emerse dalla nebbia una sagoma sinuosa imbacuccata in un impermeabile. Era la splendida signorina Lavinia Krstic, sua desiderabile e irraggiungibile collega. Per un attimo fu tentato di chiamarla per nome, ma la voce gli morì sulle labbra. Quell'incedere ritmato e ammaliante, sonora asserzione di vitalità che si propalava nell'ovattato silenzio notturno, lo eccitava non meno della provocante ma intimidatoria bellezza della donna.

Più di una volta, in ufficio, alle sue timide e goffe *avance* Lavinia aveva risposto con arrogante disprezzo, arrivando a esternare commenti sarcastici agli altri colleghi su quei tentativi abortiti, facendo del povero Hershowitz il bersaglio di commenti velenosi.

Di fronte a quell'apparizione, dimentico delle precedenti ansie, si chiese se fosse uscito per imbattersi casualmente in Lavinia, protagonista assidua dei suoi sogni erotici. Poco importava, in realtà; anche incontrandola a quell'ora, all'insaputa di tutti, che cosa sarebbe cambiato per lui, sempre snobbato e perfino schernito dalla giovane collega? Eppure, quei battiti sul selciato solleticavano in Hershowitz l'impulso, da mesi soppresso a stento, di ghermire la donna e abusare di lei, senza ritegno.

Tenendosi a distanza, squadrò il corpo flessuoso e slanciato, i tratti somatici splendidamente cesellati e i setosi capelli corvini di Lavinia, in quel momento inerme e a portata di mano. A nulla le sarebbe valsa la solita fredda e scostante superbia se lui, approfittando del fattore sorpresa, l'avesse abbrancata da tergo e ne avesse disposto a piacimento.

Toc, toc, toc. Il timbro secco di quei due piedi scattanti fece saltare ogni freno inibitore. Le si avvicinò, lento e inesorabile ma, nel momento esatto in cui stava per passare all'azione, Salomon Liebermann, il guardiano notturno, gracchiò un «Sono le dodici e tutto va bene!».

L'impiegato si bloccò, fulminato da quelle parole di per sé innocue, mentre la Krstic continuava a camminare, dirigendosi con passo deciso verso il portico di Viale Körner. Giunta davanti al negozio di antiquariato «Klausmeyer & Figli», si infilò agilmente attraverso la porta, dalla quale fluì un'accogliente luce giallastra che parve fagocitarla. In quel mentre, come dal nulla, soffiò un vento fortissimo che disperse la nebbia e sferzò le strade deserte.

Hershowitz, riavutosi dal piccolo ma potente deliquio, seguì l'istinto e si buttò a sua volta oltre la porta, emergendo dal lato opposto. «Si può?» chiese titubante.

Hermann Klausmeyer, in piedi dietro alla teca che conteneva le monete antiche, lo accolse con un'occhiata carica di rimprovero.

«Ed ecco il nostro caro Franz Joseph. Ce ne ha messo di tempo, però. Siamo al limite, le dico, al limite! Spero per lei che non ci siano conseguenze.»

La possente figura dell'antiquario torreggiava in uno spazio contenente ogni sorta di oggetti: scimitarre, giade, dagherrotipi, tavolini rococò, quadri secenteschi, busti in marmo, statuette votive, tutti diligentemente sistemati gli uni accanto agli altri come cadaveri disposti in bella mostra, pronti a essere profanati dalla vista e dal tocco altrui.

Alla sinistra di Hermann, la testa rasata del figlio Karl luccicava sotto una mensola che sosteneva minuti e coloratissimi ninnoli di porcellana. Sui muri, campeggiavano i ritratti di illustri personaggi, teste impagliate di cervi o cinghiali e riproduzioni di battaglie famose. Ancora più a sinistra, vicino a una preziosa armatura filigranata in oro, stava un ascensore, un cigolante Stiegler dalla porta in ferro battuto, vicino al quale Hershowitz vide la signorina Krstic, affiancata a sorpresa dall'avvenente György Nadherny, altro collega dell'ufficio.

Che cosa ci facevano entrambi lì dentro, a quell'ora, trincerati dietro la solita noncuranza nei suoi confronti? E perché Hermann lo aveva rimproverato per il ritardo? Era possibile che, seguendo Lavinia, per puro impulso, fosse arrivato inavvertitamente nel luogo giusto? D'altra parte, come mai il negozio di Klausmeyer era ancora aperto a quell'ora di notte?

Quella duplice presenza lo allarmò anche alla luce di certe voci di corridoio che circolavano sul lavoro da qualche tempo e che lo volevano coinvolto, a sua insaputa, in qualche misterioso progetto. Quelle insistite e sfuggenti voci, abbinate a strani ed elusivi comportamenti dei colleghi nei suoi confronti, lo avevano preoccupato, tanto più che non riusciva a capire la natura di ciò che sembrava gli avessero riservato.

«Sono in ritardo? Ehm, suppongo che lei abbia ragione» si schermì, confuso. «Ma voglio sperare che non sia troppo tardi.»

Non appena ebbe pronunciato quelle parole, si morse la lingua. Quale motivo inconscio lo aveva indotto a parlare in quel modo, come se anche egli fosse consapevole di ciò che, invece, ignorava completamente?

«Uhm» bofonchiò Hermann «intanto mi faccia sentire se possono riceverla.» E afferrò il telefono fissato alla parete, mentre suo figlio, rivolgendosi a Nadherny e alla Krstic, li invitò a entrare nell'ascensore e a scendere. I due, palesemente elettrizzati, non se lo fecero ripetere, mentre il giovane Karl sorrideva ambiguamente, quasi pregustasse qualcosa.

Una volta terminata la conversazione telefonica, Hermann si rivolse a Hershowitz: «Bene, abbiamo il benestare. Tra alcuni minuti, dopo che un'altra persona si sarà aggregata – lo so, questo non era previsto, ma che ci vuol fare – lei potrà recarsi di sotto. Naturalmente, la persona che sta per raggiungerci è quella del tentativo precedente».

«Tentativo? Quale tentativo?»

«Lo stesso che lei è chiamato a compiere stanotte. Ma come, è il… Oh, non fa nulla. A me hanno appena confermato che quel tipo dovrà espiare e fungere in tal modo da ammonimento per lei, caro Hershowitz. Sì, ammetto che ciò potrebbe influenzarla negativamente, ma la prego non ce l'abbia con me: ordini dal basso.» E indicò con grave solennità il pavimento.

Giusto in quell'istante, entrò tutto trafelato un ometto grassoccio e baffuto, intabarrato in un cappotto e con una bombetta ben calcata sul cranio pelato. Si tolse il cappello, per scusarsi, e salutò Hermann con triste solennità. «Mi chiamo Martin Mandel. Sono atteso.»

Karl ed Hermann, quasi non aspettassero altro, scambiarono un segno di intesa.

«L'aspettavamo, signor Mandel. Prego, si faccia avanti.»

Il nuovo venuto, assumendo un'espressione contrita, si rimise il copricapo e ringraziò con un filo di voce.

Dopodiché, Hershowitz e Mandel furono invitati dietro il bancone e poi fatti accedere all'ufficio sul retro; qui, Hermann aprì una botola, che dava accesso a una traballante scala a chiocciola. «Prego, signori» li esortò il padrone del negozio. Mandel non si fece ripetere l'invito e Joseph non trovò niente di meglio che seguirlo.

Mentre l'impiegato scendeva le scale seguendo il silenzioso ometto, un ultimo brandello di logica si fece strada nel suo cervello obnubilato e gli fece concludere che la familiarità di persone, luoghi e cose – lungi dall'essere rassicurante – rendeva quello che gli stava accadendo ancora più inspiegabile. Proprio come accade in un sogno che si svolge in una realtà conosciuta ma trasfigurata, almeno in qualche misura.

«Che si tratti di un incubo?» si chiese prima che la scala malferma reclamasse la sua completa concentrazione. Non trovò una riposta per la palpabile irrazionalità che lo avvolgeva mentre lui e Mandel scendevano fino a giungere davanti a un piccolo spiazzo. Lì sotto era stato messo un tavolino, dietro il quale sedeva Armin Wohltart, avvocato dello studio *«Ernst Brozic»*. Mandel lo salutò con un cenno del capo e poi si diresse senza esitare verso una porticina posizionata alle spalle dello stesso Wohltart e contrassegnata dal numero 101. Prima di varcarne la soglia, con uno sguardo tra il malinconico e il rassegnato, augurò buona fortuna al nuovo Prescelto.

Appena fu inghiottito dalla porta, Wohltart si girò verso Hershowitz con un solare sorriso. «Chi si rivede! Come ti va, vecchio mio? Sei pronto per stanotte? Da bravo, prendi questa penna e metti una firma qui, nel registro, in modo che tutto risulti regolare.» Così dicendo, estrasse una stilografica dal taschino e la porse all'impiegato.

Poi, mentre il titubante e vagamente inebetito Hershowitz esaudiva quella richiesta, Wohltart aggiunse, indicando la porta alle sue spalle: «Sapessi la fine che hanno riservato a quel poveretto. Certo, gli hanno ordinato di venire qui sotto come ammonimento per te, ma tu non farti impressionare. Io ho delle buone sensazioni, ce la farai».

Hershowitz, incredulo e confuso, stava per chiedere che cosa stesse realmente accadendo lì dentro e in che misura tutto ciò che gli era successo quella sera lo riguardasse, quando udì una voce perentoria risuonare alle sue spalle.

«Il nuovo Eletto, Franz Joseph Hershowitz, venga da questa parte.» Si girò verso Wohltart, il quale lo invitò con un cenno a dirigersi verso quella voce, e si adeguò alla richiesta.

Poco oltre, nel punto in cui si diramavano ampi e bassi corridoi formati da pile di scartoffie, sedeva Roman Schulz, contabile della società Klausmeyer. Hershowitz lo raggiunse e Schulz, storcendo gli occhietti arrossati dietro le spesse lenti e leccandosi i baffetti a spazzola, gli scoccò uno sguardo quasi rancoroso.

«Il ritardo è leggero, ma c'è. Inoltre, mi dicono che lei abbia le idee un tantino aggrovigliate» lo apostrofò il contabile porgendogli un foglietto con un timbro.

«Ebbene, in effetti, vorrei un chiarimento, se possibile» confermò l'impiegato mentre prendeva il foglio e se lo infilava in tasca.

«Possibile lo è, certo» disse l'altro. «Intanto, segua il corridoio e, superata la sauna, si accomodi nell'ufficio di Weill e, poi, dal Principale. Sarà quest'ultimo a schiarirle le idee, con le istruzioni del caso. Addio.» E abbassò il cranio, ricoperto di protuberanze bitorzolute, sul libro mastro.

Hershowitz, più frastornato che riluttante, si avviò verso l'ufficio del Patriarca della famiglia Klausmeyer. Camminò oltre gli enormi scaffali straripanti di enormi faldoni, per poi ritrovarsi – con sua grande sorpresa – dinnanzi a un uomo in livrea e che gli indicò con il capo un pesante sipario di velluto rosso, dietro il quale vi era una porta in acciaio.

Non appena Hershowitz la superò, venne investito da una zaffata di vapore. Era penetrato in quella sauna clandestina che molte leggende indicavano come luogo d'incontro notturno, nel quale esponenti di elevato grado sociale si riunivano per discutere di affari e di politica. Non c'era alcun dubbio; egli si trovava nel *Sancta Sanctorum* dell'Autorità Laica, il terzo pilastro che da tempo immemore costituiva l'Ordine Inviolabile al quale era sottoposta l'intera cittadinanza.

Dunque i sussurri che viaggiavano di bocca in bocca nella vita quotidiana non erano infondati. L'Autorità Laica, composta da commercianti, banchieri, politici e funzionari di polizia si riuniva di notte per scopi insondabili, che semplici cittadini come lui nemmeno si immaginavano.

Sebbene autorizzato, si mosse in punta di piedi tra i capannelli di uomini anziani, vestiti solo di asciugamani cinti alla vita; costoro parlottavano, sghignazzavano, fumavano, leggevano rapporti o discutevano ad alta voce. In mezzo a loro, aitanti valletti e avvenenti cameriere, completamente nudi e lucidi di sudore, reggevano vassoi carichi di liquori e di frutta secca, tenendoli a disposizione per i frequentatori di quel luogo. Altri giovani, uomini e donne, sempre nudi ma bendati, suonavano strumenti ad arco e a fiato, cavandone note stridenti, oppure fungevano da sedie o da panche umane ai facoltosi e potenti ospiti.

L'accaldato Hershowitz, conscio di essere pur sempre un intruso, attraversò furtivamente la sauna. Una volta uscitone sudatissimo dal lato opposto, proseguì per un lungo corridoio che terminava davanti a una pesante porta di legno crepato, alla quale bussò timidamente. La porta si spalancò di colpo e un volto rugoso e incartapecorito gli apparve davanti.

«Lei è quello che stavamo aspettando, vero? Sì, non c'è dubbio, è madido di sudore.»

«Già…» mormorò Hershowitz, senza fiato.

«Mi spiace per la piccola sofferenza che ha dovuto patire, ma fa parte del percorso dell'Eletto e serve a rammentargli l'importanza della posta in gioco. Ma prego, si accomodi. Io sono Lothar Weill, segretario del Signor Klausmeyer. Mi darebbe cortesemente il lasciapassare che le ha timbrato il buon Roman? Ecco sì, questo qui, grazie. Ora vedo se il Principale la può ricevere.»

Il vecchio che gli aveva parlato, un impiegato ingobbito che stringeva un sigaro spento tra le labbra screpolate, sparì con insospettabile rapidità dietro una pesante tenda, lasciando il nuovo venuto in un piccolo ufficio provvisto di due scrivanie, una delle quali a cilindro scorrevole, e di una sedia. La piccola stanza emanava un forte odore di inchiostro e di tabacco.

Hershowitz stava provando a riordinare le idee, tergendosi il sudore con un fazzoletto, quando udì degli ansiti e dei gemiti attutiti. Si guardò attorno, perplesso. Dapprima non riuscì a identificare la fonte di quei rumori, ma poi comprese che essi provenivano dall'interno della scrivania a cilindro. Vi accostò l'orecchio, subito prima di aprire di colpo il coperchio e scoprire, con enorme sorpresa, György Nadherny e Lavinia Krstic che, avvinghiati l'uno all'altra, stavano copulando selvaggiamente.

Lavinia, furiosa per l'interruzione, lo apostrofò: «Che il diavolo la porti, Franz Joseph! Ma che le viene in mente? Non ha il senso della decenza? O forse vorrebbe partecipare anche lei?»

Davanti a quella scena, l'involontario intruso fu percorso da un rapido formicolio dei sensi e balbettò: «Io, ehm… ho sentito dei rumori e… ma voi, piuttosto, che ci fate lì dentro?»

«Che ci facciamo?» ringhiò rabbioso Nadherny. «Ci siamo appartati, se non le spiace. Siamo ben consapevoli del nostro ruolo sociale, ma una pausa di tanto in tanto ce la meritiamo. Dico, non vorrà mica fare la spia? Guai a lei!»

«Chi, io? Ma no, no davvero, perché dovrei?» replicò arrossendo il loro sbigottito collega, ipnotizzato dall'ignuda Krstic. Dal canto suo, la ragazza lo fissò di sguincio, dicendogli: «Ebbene, ho sempre saputo che lei ha una predilezione per me, però questa sua intrusione è inqualificabile. E adesso chiuda, per piacere, perché vorremmo continuare».

«Chiuda! Altrimenti…» rincarò il marcantonio, esasperato.

Hershowitz si scosse e si adeguò alla richiesta, chiudendo con forza. Ma subito dopo, realizzò di aver scoperto il segreto di quei due scellerati arrivisti. Non solo essi fornivano prestazioni straordinarie di notte, onde accrescere le loro possibilità di ascesa sociale, ma avevano pure l'improntitudine di concedersi segretamente rapporti intimi, in barba all'autorità che avrebbero dovuto servire. Per quanto ne poteva sapere lui, quella sembrava un'infrazione, anzi un reato, passibile di conseguenze anche gravi.

Umiliato dalla loro piccata reazione, stava meditando seriamente se denunciarli, quando le sue riflessioni furono interrotte dall'ingresso di Weill.

«Eccomi. Il Principale l'attende. Entri puri e segua il corridoio che immette in un piccolo spazio, al centro del quale troverà una porta in quercia massiccia. Bussi, mi raccomando, e non entri se non le viene dato il permesso. Oh, a proposito, ha per caso incrociato nel corridoio due addetti al servizio nella sauna, un uomo e una donna? Mi dicono che di là mancano all'appello.»

Hershowitz scosse la testa e lasciò lo studiolo, roso da un'avvilente frustrazione.

Appena giunse sulla soglia della porta che gli era stata indicata, bussò. Dopo che una voce anziana e autoritaria lo aveva invitato a farsi avanti, Hershowitz si ritrovò in un'ampia stanza, sontuosamente arredata e dalle alte pareti ricoperte da quadri e da mensole con centinaia di volumi di varia foggia e grandezza. Poco oltre, dietro a una scrivania, sedeva il venerabile capostipite della dinastia Klausmeyer, il vecchio Andreas, alla cui sinistra spiccava un paravento laccato.

Il sorriso appena accennato di Andreas conferiva al vegliardo un'aria vagamente inquietante.

«Eccola, dunque. Siamo tirati col tempo, nevvero? Eh, ci si sente quasi impiccati quando i minuti non bastano mai. A ogni modo, spero che lei sia pronto a compiere l'incarico che la città, nella mia persona, sta per affidarle.»

Hershowitz lo fissò con uno sguardo vitreo e inquisitivo ma non osò proferir verbo e così Andreas riprese a parlare. «Sì, una missione per la quale, ciclicamente, viene scelto un membro del popolo, l'Eletto o il Prescelto che dir si voglia. Naturalmente, ciò accade solo dopo un iter di selezione attuato in modo scrupoloso e che, soprattutto, avviene senza che l'Eletto di turno ne sia del tutto consapevole. Certo, egli è messo sul chi vive da voci e da indizi che puntualmente lo raggiungono.» Fece una breve pausa e poi chiese: «Lei me lo conferma?»

L'impiegato, timoroso di pronunciare una smentita e incapace di intendere fino in fondo quello che gli veniva detto, annuì, meccanicamente.

«Bene. Ne son lieto. Non le nascondo che il suo compito è difficile. Dopotutto si tratta di cambiare o di confermare gli equilibri della nostra città. Tuttavia, mi creda, la sua missione non è del tutto impossibile. Certo, ci vogliono audacia e determinazione, nonché buona sorte. Ora guardi in questo registro e memorizzi bene il percorso, le trappole, le parole d'ordine, il Numero che le darò... in breve, tutto!»

Hershowitz avrebbe voluto obiettare qualcosa, ma poi, data la sua innata attitudine all'obbedienza, fece quanto gli veniva detto. Così, leggendo quel grosso tomo che esplicitava ogni sottinteso, gli parve di comprendere la ragione del suo angustiante vagare notturno, in apparenza senza meta, nonché dell'opprimente sensazione di perenne ritardo che lo aveva attanagliato quella sera. Ora capiva che non era in preda a un delirio ermetico e che a lui toccava vestire i panni del nuovo Prescelto, destinato alla prova suprema e che le opzioni che lo attendevano erano la vittoria o la morte. Ma, quanto ad apprendere ciò che gli veniva richiesto, vi riuscì a malapena e, mentre indicazioni, strade, luoghi, parole d'ordine e istruzioni varie ancora gli mulinavano nel cervello, Andreas richiuse pesantemente il registro.

«Tempo scaduto. Adesso le fornirò la Guida.» E, così dicendo, si alzò, tolse il paravento posizionato vicino alla sua scrivania e una figura familiare a Hershowitz apparve come d'incanto, la Signorina Elsa Holbek.

Sotto quella debole luce, Hershowitz adocchiò con interesse il notevole corpo, la zazzera bionda e il volto, imbronciato ma assai attraente, della giovane donna, che era *en déshabillé*. Quel particolare scosse non poco l'agitatissimo impiegato mentre la Holbek, piccata, lo apostrofava.

«Alla buon'ora, Franz Joseph! Sono stata coartata a farle da Guida senza il minimo preavviso e mi hanno indotto a restare senza abiti ad aspettare lei, perché lo richiede la Tradizione. No, dico, si rende conto che per colpa sua sono in questo stato da sei ore?»

«Niente lagnanze, prego, signorina» la rimbeccò Andreas. «Lei sta solo compiendo il suo dovere civico. Si conformi alla circostanza e si comporti a modo quando guiderà il qui presente Eletto lungo il tragitto previsto. Lei sa che cosa intendo dire. Ora che il buon Franz Joseph è arrivato, proceda senza perdere altro tempo. Il Rito deve iniziare.»

Hershowitz sospirò. La Holbek, ex collega del Ministero passata a mansioni più dequalificanti per aver mostrato attitudini disinibite, era bella e attraente come poche altre donne, sebbene non fosse perfetta e magnetica come Lavinia. Ma che ella dovesse fargli da adiuvante per quel misterioso rito gli procurò non poche perplessità, data la sua natura da civetta. Non a caso, col pretesto di obbedire agli ordini di Andreas, la seducente giovane lo fissò maliziosamente e gli disse: «Non stia lì impalato. Si dia da fare e mi infili le calze».

Mentre gli chiedeva quel favore, la disinvolta Holbek agitava con civetteria il piede, non proprio da fata, davanti al volto di Hershowitz, il quale, fissando il plantare dell'ammiccante bionda, deglutì, cercando invano di reprimere un imbarazzato interesse.

Il vecchio Andreas scosse la testa.

«La prego, signorina. Non turbi ulteriormente il nostro Eletto. La Vestizione della Guida è un passaggio importante, che richiede concentrazione.»

Poi, si rivolse a Hershowitz, rincuorandolo. «Avanti, come Guida poteva andare molto peggio. Prenda anche questo Numero.» E gli premette in mano un biglietto, che Hershowitz si cacciò in tasca, indicandogli al contempo l'uscita, una porticina inserita nel muro. «Quando sarà tutto pronto, passi di qui, superi il corridoio e poi, una volta ritornato da dove è venuto, salga le scale ed esca dal retro» gli disse.

La sorridente Holbek si sentì in dovere di incoraggiarlo. «Andiamo, sarò docile docile. Mal che vada, potrà consolarsi approfittando di me. Non opporrò resistenza, eh-eh.»

Intanto, Andreas si era posizionato dietro la giovane e, in pochi secondi, le bendò gli occhi. Poi la consenziente Holbek allungò le mani in avanti e se le fece legare. Infine, l'estremità della corda fu consegnata all'Eletto. «Ecco, l'Investitura è completa» disse solennemente il patriarca.

Sulle prime, Hershowitz restò impassibile davanti a quel gesto. La prospettiva di percorrere buona parte dell'itinerario prestabilito trascinando con sé quella ragazzona come se fosse un cagnolino gli infuse scoramento. Ora l'impresa gli sembrava addirittura disperata e impraticabile. Tuttavia, davanti allo sguardo benevolo ma irremovibile di Andreas, si fece animo e prese quella sorta di guinzaglio. Salutò il Patriarca e s'immise in un corridoio ricoperto da muffa e da ragnatele.

Poco dopo, seguendo le indicazioni ricevute, si ritrovò ancora davanti alla scrivania di Wohltart. Costui stava sistemando in una panca il cappello e i vestiti di Mandel, ripiegandoli con ordine. A quella vista, Hershowitz ebbe un brivido, associando con raccapriccio quei capi all'ometto.

«Vedo che hai capito» commentò Wohltart, indifferente. «Ebbene sì, il tuo predecessore ha già espiato senza rimpianti.

Un trapasso encomiabile, per certi versi. Ma tu dacci dentro senza paura. Sento che ce la farai. Auguri vivissimi.»

L'impiegato non replicò e salì le scale che portavano all'uscita. Ad attederlo trovò Hermann che lo scortò fino alla porta posteriore; dopodiché, sgusciò guardingo e si avviò tirandosi dietro la bella Holbek che lo seguiva passivamente. Ma, una volta giunto alla fine di Viale Körner, si fermò di colpo. Un vigile in uniforme nera si stava appressando a lui e alla ragazza.

Hershowitz, intimidito dal fosco sguardo dell'agente, ammutolì. Invece la Holbek, bendata, disse: «Ebbene, che succede?»

Il vigile dapprima fissò l'Eletto con un'espressione intimidatoria che pareva annunciare chissà quali minacce, ma poi estrasse un orologio dal taschino.

«Ben trovato. Le rammento che è l'una di notte, quindi si metta in marcia. Lei non ha tempo da perdere.» E si allontanò, come niente fosse, zufolando un'aria d'operetta.

Il povero Hershowitz rimase interdetto per qualche secondo, quand'ecco la Holbek sussurrargli da dietro: «Ha sentito ciò che le ha detto? Avanti. Adesso prosegua fino alla fine del viale e poi a destra!»

Egli stava per adeguarsi quando, a un certo punto, la giovane iniziò a strillare.

«Ah, per piacere, faccia qualcosa. Sento un prurito insopportabile che mi prende la schiena e mi scende per i glutei, le cosce e gli stinchi. La prego, mi gratti, mi gratti, non ce la faccio più!»

Hershowitz sulle prime non si mosse, ma poi, non fosse altro che per zittirla, si vide obbligato ad alleviare il prurito della giovane, operazione che, peraltro, trovò assai dilettevole.

La Holbek espresse la propria riconoscenza ad alta voce: «Oh, sì, sì, così. Che sollievo! Adesso va meglio. Oh, grazie, grazie davvero». Continuò per un bel po' ad agitarsi e a emettere ansiti di piacere, tanto che Franz Joseph si guardò intorno, temendo che finisse con l'attirare attenzioni indesiderate o perfino svegliare qualcuno. Ma lei lo tranquillizzò.

«Non si preoccupi. Questa parte della città dorme. Le insidie sono ben altre e ci attendono più avanti. A proposito di insidie, si potrebbe avvicinare al mio viso?»

Hershowitz, preoccupato di ulteriori, possibili schiamazzi della Holbek, assecondò quella richiesta. In meno di un secondo, con una mossa fulminea, la giovane lo baciò sulla bocca.

L'impiegato, sorpreso, abbozzò una resistenza che subito abortì. Si lasciò baciare passivamente, finché l'eccentrica e disinvolta bionda non staccò le labbra dalle sue. «Ah, che soddisfazione! Baciare un Eletto non è cosa da tutti i giorni. Dica la verità, le è piaciuto?»

Hershowitz, annichilito come se fosse stato squassato da una potenza tellurica, si limitò ad annuire, con lo sguardo ebete.

«Bene, ne sono lieta. Ho visto come mi guardava quando ero in mutande e mi sono convinta che lei aveva bisogno di un piccolo incoraggiamento per procedere. Però non si faccia illusioni, lei non è il mio tipo. E adesso proceda come le ho detto, che fa un freddo pazzesco.»

In effetti, la notte si era fatta ancora più ventosa e gelida. Hershowitz, lacerato tra eccitazione e frustrazione, si incamminò, seguendo le indicazioni della Guida bendata che si lasciava trascinare indolente.

Sebbene fosse ancora sottosopra, cercò di farsi coraggio. La lettura rapida ed essenziale del tomo mostratogli da Andreas non gli aveva del tutto chiarito le idee sul proprio ruolo di Prescelto e l'intero rito gli risultava straniante, per non dire criptico. Tuttavia, era consapevole che gli era stata affidata una missione che – per quanto non del tutto afferrabile – a seconda dell'esito finale avrebbe potuto aprirgli inaspettate prospettive di carriera e di benessere, forse di prestigio.

Prestigio. Quella parola gli sembrava il salvacondotto verso terre più sicure, lontano dalle maldicenze dei colleghi che – ne era certo – in ufficio tendevano a sminuirlo e a screditarlo agli occhi dei superiori. Era altresì innegabile che una promozione non lo avrebbe aiutato a conquistare Lavinia, che preferiva rischiare pene molto severe pur di accoppiarsi con l'atletico Nadehrny, e concluse che non avrebbe potuto mai farsi illusioni nei confronti di quella donna.

In fondo, egli era mosso soprattutto dalla speranza che quell'investitura iniziatica avrebbe disperso quelle paure latenti che lo avevano sempre soggiogato e che, fino ad allora, lo avevano relegato in una posizione sociale alquanto insoddisfacente. Una condizione che spesso aveva sognato di cambiare con la semplice dedizione al lavoro, senza esito.

Passarono parecchi minuti e i due si ritrovarono in una grande piazza, dal cui fondo avanzava una lugubre processione. Si trattava di un carro funebre seguito da un corteo di persone vestite a lutto. Il carro era vuoto e, probabilmente, reduce da una sepoltura, proprio come la gente che lo seguiva in silenzio. L'impressione complessiva suscitata dalla scena era quella di un ammonimento fosco e agghiacciante.

I componenti di quel corteo, curiosamente, avevano tutti il volto coperto dalla stessa maschera bianca e spettrale. Hershowitz, raggelato da quel particolare di arcana ambiguità, si fermò al centro della piazza e lasciò che quei fantasmi in carne e ossa passassero oltre.

La Holbek gli chiese: «Perché ci fermiamo?»

«C'è un carro funebre, seguito da un codazzo di persone» rispose Hershowitz con un filo di voce. «Credo sia giusto farsi da parte. È una questione di rispetto.»

«Capisco. Allora non siamo distanti dal cimitero. Appena può vada in fondo alla piazza e poi, all'incrocio, pieghi a sinistra. E, mi raccomando, non mi strattoni troppo.»

In effetti, poco dopo apparve all'orizzonte l'ingresso del cimitero, fastosamente ritorto e barocco. A guardia del cancello aperto era stato posto un *concierge* in divisa rossa, dall'aria annoiata, seduto accanto a un piccolo tavolo e intento a consumare uno spuntino. Fermò il Prescelto con un imperioso gesto della mano.

«Alt. Mi dica, buon uomo, dove sta andando?»

«Devo recarmi all'Osteria della Torre, dal Signor Knarr. Fa parte del mio percorso.»

«Sì, l'immaginavo» disse il *concierge*, supponente, tergendosi la salsa dalla bocca con la manica della divisa. «Ma, se deve passare di qui per parlare con il mio diretto superiore, il Maestro Kapsberger, prima completi questa frase: La cripta è aperta...»

Ma l'attesa risposta morì nella gola di Hershowitz, che non si ricordava più che cosa dovesse dire. Seguirono alcuni secondi di puro panico mentre il *concierge*, indifferente e scostante, continuava a consumare il proprio pasto. Quando ormai l'impiegato disperava di poter superare quel primo ostacolo, la Holbek gli sussurrò la risposta all'orecchio.

Hershowitz trasalì, ma poi si ricompose e disse: «Uh... e i morti stanno banchettando».

«Uhm, esatto, passi pure» concesse l'altro. «Ma badi che a quest'ora il cimitero è bazzicato da strani individui.» E li fece entrare, mal dissimulando un'aria seccata.

Non appena furono lontani, Hershowitz chiese alla Holbek: «La ringrazio, ma... ma il suo aiuto non è forse irregolare?»

«Certo che lo è. Però lei stava esitando e io non avevo voglia di prendere altro freddo. E poi, se davvero dobbiamo stare a sottilizzare, lei crede che qualcuno se ne accorgerà mai?»

L'impiegato annuì e proseguì, seguendo le indicazioni della guida. Poco dopo, però, maledisse chi aveva concepito il cimitero come una sorta di giardino pensile. Infatti, se dapprincipio il dolce declivio lo aveva aiutato a scendere, man mano che la pendenza aumentava, già gravato dal peso morto della Holbek che arrancava dietro di lui, si era visto costretto a un lavoro doppiamente faticoso. Oltre a ciò, s'accorse che erano entrambi osservati da inquietanti personaggi, che saltavano fuori dai cespugli e scendevano dagli alberi con aria ingolosita; uomini in frac e cilindro, che si fecero sempre più sfrontati e minacciosi e li seguirono a distanza. Allora Hershowitz, allarmato da quelle presenze, strattonando la recalcitrante ragazza e a rischio di franare con lei come una valanga, accelerò il passo sullo scoscendimento che portava all'uscita dal cimitero.

Lì trovarono il Maestro Kapsberger, concentrato nella pittura di una tela.

«Benvenuto, caro Franz Joseph!» esclamò questi, vedendolo. «Ma prego, si avvicini e mi dica che gliene pare» disse indicando una natura morta, talmente carica di frutti maturi e intensamente colorati che sembrava tracimarne. Hershowitz, senza fiato e madido di sudore, si limitò ad annuire il proprio apprezzamento. La Holbek, invece, toltasi la benda, esclamò: «Che meraviglia!»

Kapsberger si schermì. «Via, via, una sciocchezzuola che faccio per passare le notti. D'altra parte, la pace che qui regna è fonte d'ispirazione assoluta. Ma vedo che avete portato della compagnia. Ah, prego, non temete, non oseranno farvi niente.»

I laidi individui che li avevano seguiti s'erano fermati attorno a loro, in silenzio; alcuni si misero a usmare la ragazza come cani da tartufo, altri a tirare le falde della giacca di Hershowitz e altri ancora si sedettero, biascicando qualcosa.

«Ora basta, andatevene, mi avete seccato. Via di qui!» urlò Kapsberger. E subito, quella viscida compagine si disperse tra grida, ululati e cachinni.

«Ecco, vedete, non c'era proprio di che preoccuparsi. Piuttosto, ditemi la vostra destinazione.»

«L'Osteria di Knarr, detta la Torre» rispose la signorina Holbek «e ci vorrei arrivare al più presto perché sono stanca di farmi trascinare e sono indolenzita.»

«Ma guarda, una Guida ciarliera e intraprendente. Mi dica, mio buon Franz Joseph, non è che per caso questa signorina l'ha aiutata con la parola d'ordine?»

«Chi, lei? Oh, no, assolutamente!»

«Uhm, staremo a vedere. Per adesso, signorina, le consiglio di rimettersi la benda e di tenere chiusa la bocca. Va bene, passate e buona fortuna» tagliò corto Kapsberger, indicando l'uscita con il pennello gocciolante di un cremisi acceso.

Hershowitz si affrettò verso l'Osteria la Torre, la cui celebre *silhouette* già da quella distanza si profilava sotto la luce lunare. Nel mentre, una voce odiosamente impastata dall'alcol gridò a qualcuno: «Ohilà, sbrigati, malnato, che sono le due».

«Ha sentito, Franz Joseph? Sono le due!» lo spronò la Guida.

«Sono in ritardo?» pensò agitato lui mentre sussurri, risatine e altri rumori non identificabili attorno a lui parevano contrappuntare la sua fatica. «Lo sono davvero? Oh, Dio, non ce la faccio, non ce la faccio… sono così stanco, così stanco.»

Ma, per quanto incredibile, egli ce la fece e barcollò ansante dentro l'Osteria, frequentata a quell'ora da pochi, sonnolenti avventori che non lo degnarono di uno sguardo. Appena riprese fiato, il Prescelto sibilò, sfinito: «Cerco Knarr, il proprietario».

Un'ostessa bene in carne, che un tempo doveva essere stata attraente, lo squadrò e gli fece cenno di seguirla su per le scale. Hershowitz annuì e si attergò alla donna, sempre tirando dietro di sé la Holbek. Era spremuto come un limone, ma sollevato dal fatto che la parte fisicamente più spossante dell'impresa fosse giunta al termine. Al primo piano, l'ostessa si voltò verso di lui poco prima di raggiungere una porta chiusa.

«Sono Ulrike. Knarr la stava attendendo con impazienza. Non siamo proprio puntualissimi, vero?»

La donna bussò con vigore ed entrò senza attendere risposta. In una stanza ampia, rischiarata da un basso lampadario,

Knarr, in canottiera e in pantaloni da granatiere agganciati da un paio di bretelle, era seduto a un tavolo di legno e stava pulendo alcune pistole ad avancarica, veri pezzi da collezione.

«Ah, caro Franz Joseph, cominciavo a disperare. Per lei, s'intende.»

Hershowitz fece per slegare la Holbek, quando Ulrike s'affrettò ad aiutarlo.

«Da adesso in poi questa qui la prendo in consegna io. Oh, ma chi si rivede, la signorina Holbek. Come va? Aspetti che la libero.»

«Ah, adesso va meglio anche se mi sento come un uovo strapazzato» ribatté la giovane scarruffata, stiracchiandosi ed ergendosi in tutta la propria altezza non appena si ritrovò slegata.

«La capisco, cara signorina» intervenne Knarr. «Ma resta ancora una cosa da fare. Ulrike, portala di là e chiariscile alcuni concetti.»

Ulrike annuì e spinse la Holbek verso un uscio scrostato e semiaperto.

«Ma io… veramente…» La giovane non ebbe tempo di protestare che era già nell'altra stanza. Non appena la porta si chiuse, scoppiò un tuonante fracasso mischiato ad acuti strilli.

Knarr si rivolse con un largo sorriso a un tramortito Hershowitz e gli offrì dello *slivovitz*, che però venne cortesemente rifiutato dall'Eletto.

«Allora berrò io per tutti e due. Devo ammetterlo, non era facile arrivare fino a qui. E poi, si sa, a volte ci si impaccia un po' da soli, ci si confonde, si ha paura, la stanchezza e il disorientamento hanno la meglio, senza contare le Guide che parlano troppo…»

Hershowitz restò di sasso, ma la replica gli rimase in gola perché udì un tonfo pesante provenire dalla stanza attigua, come se qualcuno fosse caduto a terra.

«Sì, vecchio mio. Ho paura che le alte sfere abbiano già preso nota del piccolo aiuto che lei ha ricevuto dalla signorina Holbek.»

«Allora è stata tutta fatica sprecata. Il Rito è invalidato!»

«No, perché? Un piccolo imbroglio da parte dei partecipanti è scontato, anzi è addirittura incoraggiato. Non a caso è stata la signorina a parlare, quando lei era in difficoltà.»

«Incoraggiato? In che senso?»

«Diciamo che l'infrazione alla regola fa parte dell'Evento ed è considerata inevitabile. Direi di più, è proprio l'infrazione che dona credibilità al tutto. Naturalmente, alla fine, quando si faranno i conti, l'aiuto fornito dalla Guida potrebbe essere tenuto nella debita considerazione e avere il suo peso, o magari no. Ma, fino a quel momento, si prosegue come nulla fosse accaduto.»

«Ma perché, dunque, quel trambusto?»

«Oh, Ulrike sta solo insegnando alla signorina che parlare troppo non è consigliabile. Niente di personale, s'intende. E ora, mi guardi!»

Franz Joseph obbedì, fissandolo negli occhi.

«Lei ha in tasca un numero che Andreas le ha consegnato. Lo tiri fuori, lo legga, lo impari a memoria e butti via il foglio. Quel numero di quattro cifre, che lei dovrà debitamente combinare tramite una semplice somma, coinciderà con il numero di tre cifre che il Maestro del Cerimoniale le chiederà dopo averlo estrapolato dal Sacro Libro. Se la sua risposta sarà esatta, lei proseguirà, altrimenti le converrà scegliere il modo per una fine degna. È tutto.»

Giusto in quell'istante, Ulrike aprì la porta e rientrò nella stanza.

«Lo accompagno io di sopra, Knarr. Quanto alla Holbek l'ho già sistemata. Ah, vedessi come le calza a pennello la camicia di forza! Sembra fatta su misura per lei.» Così dicendo, prese un basito Hershowitz per il braccio e lo trascinò energicamente con sé.

«Ma... ma che succede?» protestò Hershowitz.

«Venga, si muova» lo esortò rudemente Ulrike. «Lei è già in ritardo.»

«Buona fortuna, vecchio mio!» esclamò Knarr alzando il bicchiere di *slivovitz*.

«Ma... ma che ne sarà adesso della signorina Holbek?» chiese Hershowtz, angosciato.

«Questi non sono affari che la riguardano» ribatté arcigna Ulrike.

In meno di un minuto, i due raggiunsero l'ultimo piano. Ulrike bussò a una porta e attese l'invito ad entrare. Dopodiché, appena la porta si aprì, davanti a Hershowitz comparve una sala nella quale si era radunata un'assemblea di vecchi dignitari, boiardi, legislatori, ispettori, notai e giudici, tutti in evidente e impaziente attesa del Prescelto. Erano i degnissimi ed eminenti membri del Grande Comitato, depositario della Tradizione Giuridica e secondo pilastro della città.

Seduto sul palco, il Maestro del Cerimoniale fece cenno a Hershowitz di raggiungerlo. Col cuore in gola, il piccolo impiegato salì lentamente i quattro scalini che lo separavano dal cruciale punto di svolta dell'Evento.

«Franz Joseph, sei stato convocato per rappresentarci in questa occasione» tuonò il Maestro. «Io ho appena estrapolato un numero dal Sacro Libro e, se la Logica Divina ti assiste, tu sarai in grado di indovinarlo combinando debitamente il numero in tuo possesso. Procedi!»

Hershowitz si morse le labbra; il numero che aveva ricevuto da Andreas era il 1883. Esso constava di quattro cifre ma, secondo le indicazioni, egli doveva ridurle a tre e ricavarne un nuovo numero. I minuti passarono inesorabile e lui iniziò a sudare copiosamente, mentre dietro di lui i presenti già rumoreggiavano. Ebbe un attimo di smarrimento ma si riprese e, aiutato da un'ispirazione transumana, esclamò: «101!»

Si levò dall'Assemblea un alto brusio che il Maestro interruppe con un gesto solenne.

«Invero, il numero è giusto e lo dovrai menzionare quando ti verrà chiesto il nome. Ora puoi andare. Ma ricordati, troverai altre prove ad attenderti sul cammino.»

Il Prescelto, colpito da quelle parole vaticinanti, balzò dal palco, guadagnò l'uscita e discese rapidamente le scale, mentre in lontananza le campane rintoccavano le tre del mattino. Schizzò fuori dall'Osteria, diretto verso il centro della Città, con l'assillo sempre più pressante di non riuscire nell'impresa.

A un crocicchio, incappò nel suo collega Gregor Mirkovich, con indosso soltanto la camicia da notte, mentre veniva trascinato da tre agenti di polizia dall'espressione impassibile. Gregor, un cinquantenne corpulento, urlò: «Fermati, Franz Joseph! Aiutami! Mi hanno buttato giù dal letto in piena notte e mi stanno portando in prigione, dove hanno approntato un patibolo. Vogliono uccidermi perché ho rifiutato di prendere il posto di Mandel. Ma io non voglio morire!»

Hershowitz rallentò proprio mentre un agente sentenziava ad alta voce: «È la Legge, Gregor. Mi spiace, ma le regole dell'Evento non si possono mutare». Quel commento ammonitivo fu come una sferzata per Hershowitz che proseguì, mentre, dietro di lui, gli strazianti lamenti di Mirkovich si perdevano nel buio.

L'Eletto continuò a correre nella notte sfregiata da urla, pianti, bottiglie infrante e spari, eludendo il vilipendio dei lenoni e le moine adescatrici delle loro protette, sopravvivendo ai bisbigli inconsulti sussurrati da ruderi cadenti e alle minacce latrategli da portici bui, attraversando in gran fretta strade rigurgitanti di festini e di risse.

Si accorse di sentirsi sempre più vulnerabile e la sua paura aumentò man mano che proseguiva. All'improvviso, da una finestra qualcuno gli gettò tra le gambe un petardo che esplose fragorosamente e che lo fece saltare di lato. Per quanto spaventato, si riprese quasi subito e continuò a correre, inseguito da risate aguzze come coltelli.

A un certo punto, esausto, fu costretto a fermarsi; fu allora che un'automobile, nera come la pece e con le insegne della Curia Cittadina, sbucò dal nulla e gli si avvicinò, ronfando minacciosa come un gatto inselvatichito e ammiccando con i fari, quasi per invitarlo a proseguire.

A Hershowitz non rimase che riprendere la propria corsa contro il tempo fino a quando, senza più fiato in corpo, giunse in Piazza Lancisberto. Qui, appoggiato al monumento equestre dedicato a Re Dagmar III, il notaio Aristide Novotny – che l'impiegato conosceva di vista – stava scribacchiando qualcosa su un taccuino e, quando l'Eletto fu a tiro, gli porse la domanda rituale: «Alt! Il tuo nome, straniero, e il tuo Numero».

«Franz Joseph Hershowitz, 101.»

Novotny annuì e gli fece cenno di avvicinarsi.

«Eccola dunque, e giusto in tempo; sono le quattro del mattino. Presto, si metta in tasca questi due pezzi di cera e strisci dentro quel tombino. Lì troverà la rete fognaria e una guida che la porterà nelle viscere della città. Una volta tornato in superficie e giunto a destinazione – sempre se riuscirà a sopravvivere – usi il Numero per ottenere la domanda. Buona fortuna.» Ciò detto si girò, tornando ai suoi appunti.

Hershowitz si attenne pedissequamente alle istruzioni e si ritrovò in uno spazio maleodorante, claustrofobico e scuro, nel quale alcune lampade rilucevano a fatica. Avanzò, fino a quando non sbatté letteralmente contro qualcuno che lo chiamò per nome. «Franz Joseph Hershowitz, suppongo. Da questa parte, prego, pieghiamo insieme alla sua destra.»

Si ritrovò dinanzi a un uomo di mezza età, coi baffi, che portava una giacca nera e una bombetta sulla quale era legata una piccola lampada da minatore. Questi si rivolse a lui in tono affabile. «Prego, mi segua attraverso questo passaggio; non vogliamo essere raggiunti proprio qui e ora da "quelle" lame. Qui dentro, più si resta fermi e maggiori sono i rischi che si corrono.»

Hershowitz obbedì all'insolito individuo. Per qualche tempo, entrambi proseguirono nella fioca luce, in silenzio. Poi l'uomo gli disse a bassa voce: «Se non siamo stati intercettati finora, abbiamo buone possibilità di farcela. Tuttavia occorre sbrigarci, quelle dannate lame si fanno di giorno in giorno sempre più scaltre. A me non sarà sempre possibile evitarle e prima o poi mi troveranno, ma finché ci si muove si anticipano le mosse del nemico e lo si evita. Io, modestia a parte, ero alquanto abile nel prefigurare le mosse altrui. Non a caso, quando ancora lavoravo per il catasto, ero campione di scacchi al circolo Smarek. Lei lo frequenta il circolo, per caso?»

Hershowitz, anziché rispondere gli chiese: «Chi è lei, e da quanto tempo si trova qui dentro?»

«Acc… ho appena pestato un torsolo di mela. Sono già passato di qui, ieri, meglio cambiare percorso. Chi sono? Io sono colui che cinque anni fa, dopo essere stato selezionato per l'Evento, riuscì ad arrivare a destinazione ma ebbe un'indecisione fatale. Avrei dovuto essere soppresso come da protocollo ma quel giorno si celebrava un giubileo importante e la pena venne commutata in questa curiosa tortura quotidiana, ovvero essere perennemente sollecitato a prendere una strada piuttosto che un'altra. Eccomi pertanto ridotto – e qui mi sembra di cogliere un certo sfoggio di umorismo da parte dell'Ordine – in una creatura al contempo lucida e impaurita che è costretta ogni minuto a superare l'indecisione dimostrata e ad aiutare altri Prescelti. Beninteso, nel mio intimo io so che quanto faccio è inutile; prima o poi verrò raggiunto e ucciso, ma nel frattempo non posso sottrarmi al cieco istinto di sopravvivenza.»

«Allora si può evitare la soppressione in caso di fallimento?»

«Diciamo che, in pura linea teorica, si può inoltrare ricorso, ma solo in alcuni specifici casi. Per ciò che mi concerne, si è trattato dell'eccezione che conferma la regola e non di un ricorso vero e proprio, che però si può anche ottenere dopo la trafila burocratica del caso. Ma prego, ora proseguiamo e in silenzio.»

Qualche tempo dopo, il labirintico tragitto sotterraneo sfociò in una larga apertura, al che la guida esclamò: «Ah, eccoci arrivati! E appena in tempo, al mio orologio da tasca sono già le cinque!»

Erano infatti giunti al canale fognario principale; davanti a loro si trovava una piccola barca a remi, ormeggiata a un palo tarmato e pronta all'uso.

«Ora sta a lei proseguire. Non mi è dato dirle di più, sappia solo che l'attende un'altra prova, fatta per indurla a desistere. Lei però stia saldo e prosegua. Io torno indietro, prima che le lame mi sorprendano qui.»

L'imperturbabile personaggio si diresse verso l'alto, lasciando solo lo stanchissimo Hershowitz, al quale non rimase altro che salire sull'imbarcazione e mettersi a vogare con le poche forze rimastegli.

Lungo il canale fognario, soltanto poche luci smorte, appese alle pareti, lo aiutarono a orientarsi nella miasmatica oscurità. L'afrore stomachevole già gli otturava le narici, nauseandolo e stordendolo, quando d'improvviso, da dietro le sue spalle, risuonò un grido ecotico che gli ghiacciò il sangue nelle vene. Ne arguì che l'ex impiegato del catasto doveva essere incappato nelle tanto paventate lame. Rabbrividì, aumentando il ritmo.

Il viaggio proseguiva da parecchio, quando un silenzio catacombale lo avvolse. Era quel silenzio l'asserzione del Nulla, un luogo astratto e concreto dove riposare senza rimorsi, una vacuità da colmare con i propri desideri più riposti e inconfessati, una provocazione semplicemente intollerabile che lo invogliava a fermarsi per sempre.

Sì, non tollerava più quell'accattivante silenzio e, quando ormai disperava di poterlo combattere e vincere, si ricordò dei due pezzi di cera che aveva in tasca. Lestamente li appallottolò e se li mise nelle orecchie; poi, una volta posta quella barriera fra sé e la tremenda quiete che imperava lì attorno, si lasciò cullare da rumorosi pensieri, ostacoli sui quali il suadente e mortifero silenzio si sfracellò definitivamente. Ed egli continuò a remare, senza sosta.

Alla fine, scorse nella fioca luce la targhetta arrugginita che indicava Piazza Stanislao V. Scese dalla barca senza curarsi di assicurarla, si tolse la cera dalle orecchie e afferrò la scala, salendola con foga. Sentiva nelle ossa di essere in ritardo.

Attraverso un tombino risalì in superficie. Si guardò attorno e capì di essere sbucato, come da itinerario, in Piazza Stanislao V, al cui centro, vicino alla celebre fontana del tardo Rinascimento voluta da quel sovrano, si trovava un oggetto davvero anomalo e incongruo, sistemato su una tavola. Era un bellissimo sarcofago, lavorato a sbalzo e ricoperto di geroglifici, fastoso nelle venature d'oro e d'argento che lo intessevano quanto imponente nelle dimensioni. Era aperto in due, come una carcassa sventrata, ed Hershowitz, incuriosito, si avvicinò. Guardò all'interno e, con enorme stupore, rivisse una sorta di *déjà vu*.

Lì dentro, nudi come poche ore prima ma ora strettamente legati l'uno all'altra, vi erano gli intirizziti e impauriti György Nadherny e Lavinia Krstic. Entrambi erano stati immobilizzati con le braccia adese ai fianchi per lasciare esposte le rispettive schiene; la donna era distesa sopra l'uomo, a sua volta sdraiato su una superficie irta di erpici appuntiti che gli si conficcavano nella carne, mentre altri erpici si trovavano innestati nella parte interna del sarcofago lasciata aperta.

«Oh, Franz Joseph, è lei. Presto, ci sleghi e ci faccia uscire da qui!» urlò la giovane.

Nadherny lo incalzò a sua volta: «Sia buono, ci liberi, prima che arrivino i gendarmi».

Ma l'Eletto, che i due spesso avevano incautamente deriso, benché dapprima pietrificato, finì col ritrarsi da loro, avendo compreso che qualcuno doveva averli colti in flagrante e che l'inevitabile punizione era puntualmente scattata.

Anzi, intuendo le implicazioni di quella scena beffarda e crudele nell'economia dell'Evento, cedette a una turgida eccitazione, stavolta senza vergognarsene.

Per un breve, ma intenso e vertiginoso istante, egli sentì che quei due erano nati non solo per solleticare appetiti sessuali ma anche per subirne le conseguenze. Era come se, nella loro avvenenza fisica, ci fosse stata una sorta di predestinazione che, fatalmente, li avrebbe resi vittime del proprio aspetto e della propria fregola. Allora concluse che, in tutti quegli anni di umiliazioni che avevano amareggiato ulteriormente la routine del lavoro, pur senza un motivo razionale lui era sempre stato intimamente convinto che, presto o tardi, avrebbe usufruito di una rivalsa nei loro confronti.

«La prego. Io… noi non l'abbiamo trattata come meritava, d'accordo, ma le cose potrebbero cambiare» supplicò la donna, suggerendo una tardiva e irritante compensazione.

«Avanti, ci salvi. Tra colleghi…» mormorò il fusto sotto di lei, comprensibilmente più a disagio.

In quella, un ufficiale della gendarmeria irruppe sulla scena, guidando un carro trainato da un baio e si fermò a poca distanza dal sarcofago.

«Eccoci al dunque, caro mio» disse con voce baldanzosa e stentorea, saltando a terra. «Vedo che si è già collocato vicino ai condannati, pronto per la loro esecuzione.»

L'ufficiale continuò a parlare in tono marziale e compiaciuto, mentre Hershowitz lo fissava, inebetito e, in una certa misura, affascinato.

«Eh, sì, costoro, approfittando del ruolo che erano chiamati a sostenere, si sono nascosti per fornicare proprio durante l'orario di servizio; un'infrazione gravissima, esecrabile! Così, con un cambio di programma all'ultimo momento, li abbiamo convertiti in una delle tante stazioni del suo percorso e pure una delle più importanti. Volevano l'amplesso a scapito della Comunità e ora l'avranno. Questa mia modesta invenzione, mai completamente brevettata ma approvata in gran fretta dai miei superiori per questa importante circostanza, darà loro ciò che meritano.»

Mentre i due amanti si profondevano in richieste di pietà, l'ufficiale trasse dal risvolto della sua manica due pezzi di stoffa nera e li porse al Prescelto.

«Coraggio, li imbavagli.»

Hershowitz, sebbene scombussolato, si scoprì alacre carnefice e, conformandosi palpitante a quell'ordine secco e deciso, chiuse la bocca a entrambi i condannati con rapida e insospettabile destrezza. Si compiacque di una turpe collusione con l'ordine costituito e si abbandonò a un bieco appagamento, quando gli imploranti occhi blu di Lavinia lo scongiurarono silenziosamente di risparmiarla.

«E ora, li chiuda dentro e digiti questo codice» ordinò l'ufficiale, porgendogli un foglio.

Lasciando gli amanti alla loro disperazione impotente, egli fece quanto gli era stato intimato, chiudendo il coperchio anteriore del sarcofago – che si serrò come una gigantesca conchiglia bivalve – per poi digitare sulla tavoletta alfanumerica, posta a metà dello stesso coperchio, la combinazione che aveva ricevuto. Dopodiché attese, in trepidante eccitazione.

Gli erpici iniziarono a ronzare, ricoprendo i lamenti soffocati della coppia. Durante quella vera e propria esecuzione, il gallonato e pluridecorato gendarme decantò ad alta voce la tecnologia del suo congegno, capace di spruzzare resina sui corpi dei condannati, preventivamente sottoposti a rapida salagione manuale. Il veloce e automatico processo di laccatura, dopo il letale lavoro degli erpici, avrebbe garantito la lunga conservazione delle carni dei due amanti sacrileghi.

Il sarcofago meccanico continuò sobbalzando a effettuare quel lento lavoro, fino a quando il congegno interno si fermò con gran stridore. Allora l'ufficiale aprì il coperchio e, constatato l'esito, espresse grande soddisfazione: «Ehilà! Guardi che foga e che trasporto nel loro ultimo rapporto carnale. Sono quasi inchiodati assieme. Vittime compiaciute di un parossismo dilettevole, non c'è dubbio. Be', almeno sono morti divertendosi. Più tardi toccherà a me portarli a destinazione, ma adesso lei ha la precedenza. Suvvia, mettiamoli giù».

Il distacco dei corpi di György e Lavinia si rivelò più laborioso del previsto e solo a fatica gli statuari cadaveri vennero separati e distesi sul selciato, l'uno accanto all'altra. Era innegabile che ai due reprobi fosse stata riservata la munifica crudeltà di un ultimo amplesso così definitivo, che il Prescelto sentì una certa invidia nei loro confronti.

Gli erpici avevano funzionato egregiamente ed entrambe le schiene erano state deliziosamente intarsiate da segni, numeri, parole, dalle quali Hershowitz avrebbe dovuto estrapolare il quesito decisivo. Tuttavia, egli si sorprese non poco quando capì di star leggendo un sermone sulla necessità di uniformarsi ai precetti della Legge.

L'ufficiale, quasi giulivo, commentò: «Guardi qui. Tocchi, saggi la consistenza di questi due. Magnificamente induriti, non trova?» Hershowitz, dovette convenire che la pelle della coppia, al tatto, era davvero laccata. «Sono decisamente solidificati» continuò l'ufficiale, frenando a stento la propria soddisfazione. «Saranno due suppellettili anatomiche di straordinario fascino. Che invenzione la mia! A ogni modo, mio caro, si sbrighi perché sta per scoccare l'ora.»

In effetti, grazie a una cadaverica luminescenza che si levava da est, si scorgeva l'enorme Cattedrale, il cui orologio in forma di rosone stava per battere le sei. L'Eletto si concentrò su quel sermone, ma i minuti passavano veloci ed egli già disperava di riuscire nell'impresa, quando, colpito dai raggi di un timido sole, ebbe la giusta intuizione.

»101, ovvero 1+0+1, ma certo! Lo zero rappresenta uno spazio vuoto. Devo combinare le prime lettere di ogni riga, saltandone una ogni due, e riuscirò a ricavare la domanda da porre.»

Per merito di quell'improvvisa folgorazione, Hershowitz ricostruì febbrilmente la domanda e, mentre l'ufficiale si apprestava a caricare i corpi sul carro, egli scattò deciso verso la Cattedrale, sede della prima e più importante colonna portante della città, ovvero la Curia.

La sua corsa terminò nell'enorme abside centrale. Qui, sopra l'altare apparecchiato, il Vescovo – che portava degli occhiali neri ed era sprofondato in una poltrona imbottita – stava consumando un'abbondante colazione composta da varie portate: tacchino arrosto, salmone affumicato, patate, fagiolini bianchi, Riesling d'annata, pane di segale e un semicupio colmo di salsa. Ai suoi lati, due giovani e giunoniche suore, prive di qualsiasi indumento che non fosse il loro tipico copricapo, gli leccavano le dita, ripulendole. Poco distante da lì, sotto i turiboli carichi d'incenso, un pavone faceva mostra della propria coda e fissava il nuovo venuto con una curiosità quasi umana.

Hershowitz si avvicinò al Vescovo, che lo accolse con tono grave ma non privo di ammirazione.

«La Pace sia con te. Ben arrivato e complimenti. Brindo alla tua determinazione e alla tua costanza, caro fratello. Certo, il difficile viene ora. Se la domanda non è quella esatta, sai bene che cosa ti aspetta.»

Ma il Prescelto era ormai libero da ogni timore reverenziale.

«Eminenza, ho la domanda.» Esitò un attimo e poi scandì solennemente le parole: «Il Tempo si divora mentre si dispiega?»

Il Vescovo s'alzò di scatto, con il volto rubicondo contratto in una smorfia che subito si disfece in un sorriso amaro.

«Ma bene! Sì, non c'è dubbio, ecco la domanda giusta. Questa volta hanno mandato qualcuno capace di… di…» Si morse le labbra. «Insomma, che dire? Nessuno di noi lo ha mai capito ed è questo il punto debole della nostra millenaria Confessione, ovvero se la nostra Fede sia un riflesso irrisolto della Creazione o solo un Credo inadatto ad afferrare la complessità del Divino e che pertanto si limita a scimmiottarne le volontà. Per secoli ci siamo accapigliati su questo punto, ma senza esito. La risposta è che non lo sappiamo, almeno non ancora.»

«E dunque» esclamò Hershowitz, spiritato ma trionfante «in ottemperanza alla Legge, io ho vinto! Il Rito è concluso e io ho vinto!»

«Un momento, mio caro giovanotto, non dimentichi qualcosa? Sei stato aiutato. La tua vittoria è viziata da un'irregolarità, non dimenticarlo.»

Hershowitz restò di stucco. Poi fissò il Vescovo, che nel frattempo s'era staccato dall'altare, e gli sbraitò addosso: «Ma come? Se voi stessi incoraggiate e anzi suggerite l'inganno, come potete ora condannarlo?»

Gli occhiali del Vescovo brillarono di luce nera. Egli si avvicinò al pavone e prese ad accarezzarlo; per un attimo, un silenzio pesante ristagnò nell'abside e il prostrato Hershowitz fece in tempo ad accorgersi che le due suore erano state rimpiazzate da altrettante figure alte, grassocce, vestite con impermeabili attillati e cilindri. Parevano corvi in attesa di carne fresca.

«Ma tu dimentichi che l'inganno da noi permesso fa parte delle molte trappole disseminate nel cammino del Prescelto. Se costui non rifiuta l'aiuto, ciò che farà avrà un valore relativo o nullo. D'altra parte, se lo rifiutasse, darebbe prova di eludere le regole, le nostre regole.»

Hershowitz si sentì raggirato. Quel processo di mimetizzazione liturgica, quella sanguinaria e istrionica messa in scena del rito traducevano su un piano concreto ciò che gli era appena stato spiegato. Lui era stato vittima di una prova contraddittoria che illudeva i singoli ma che altresì cementava l'intera comunità nell'accettazione di un verdetto finale che immancabilmente poteva solo essere lo stesso. Era pertanto grazie a quell'espediente che l'ordine si manteneva su un'illusione di cambiamento veicolata in una finta catarsi. Lui e gli altri, partecipando a quel rito, alimentavano una vana speranza di poter migliorare la propria condizione mentre, così facendo, si adeguavano involontariamente al sistema e assecondavano il gioco di chi teneva le loro fila.

«Mi sta dicendo che qualsiasi mossa o decisione si prenda, noi siamo condannati alla sconfitta?» chiese disperato al Vescovo.

«Naturalmente. È così che noi ci manteniamo nei secoli. Che senso avrebbe un Ordine che non illuda e contraddica in continuazione gli affanni umani? A noi sta l'onere della risposta che cambia in continuazione perché…»

«Perché una risposta non esiste, maledetti!»

«No, al contrario! La risposta esiste, eccome, solo che non è qualcosa che riempie un vuoto, bensì essa stessa è un vuoto da riempire. È questa la ragione dell'equivoco; l'esistenza si nutre del vuoto perché altro non potrebbe fare e, di conseguenza, ci si può solo abbandonare a questa nostra vita, il cui senso sta nell'essere privo di significato *umano*. Del resto, ciò che è razionale per te, giovanotto, lo sarebbe forse per qualcun altro? Hai visto la tua città, stanotte? Gozzoviglie smodate e fatti di sangue ti hanno dato la percezione di un senso univoco o di una visione condivisa? No, perché non c'è niente del genere, solo una collettiva, circense atellana, allo scopo di ingannare noi stessi fino all'ora fatale.»

«Ma allora, che cos'altro ci rimane?»

«Che cosa? Ma il meglio, la *partecipazione* a questo gioco dalle regole mutevoli. Vita e morte formano un ciclo indissolubilmente unico nella propria duplicità. Pensa solo al fascino e alla pompa di questo Evento, culminato nel sacrificio di alcuni dei partecipanti, compresi gli amanti sorpresi in flagranza di reato e che tu, giova ricordarlo, hai mancato di denunciare. Ah, quei gustosi, levigati corpi da pura delibazione estetica nonché stigma della bellezza fisica! Arricchiranno senz'altro la mia collezione di reliquie umane. A proposito, sono stato io a scrivere il sermone che è stato inciso sulle loro magnifiche carni lignificate e non ho dubbi che, nelle mie future notti insonni, me lo rileggerò volentieri. Sarà come esperire ripetutamente un'elevazione al contempo spirituale ed erotica. Non è roba per tutti, credimi, anche se mi pare di capire che l'esecuzione dei due amanti ti abbia donato una certa eccitazione. O mi sbaglio?»

Si zittì per un istante e poi aggiunse: «Certo, ammetto che sono stati giustiziati in modo crudele ed esemplare. Forse, in questo caso, si è perfino trasceso, perché il loro supplizio è stato, a ben vedere, un vero dileggio macabro. Ma tant'è, Andreas si è molto risentito della loro impudenza e ha preteso un'esecuzione memorabile ed esemplare. Che dire? Almeno hanno avuto il privilegio di essere sacrificati a *questo* scopo, poiché nel ciclo della Legge tutto si ricompone».

«E dunque non c'è modo di battere la Legge?» chiese un attonito Hershowitz.

«Certo che c'è, ma la Legge stessa non lo sa e pertanto non si può tradire rivelandolo. La Legge – come il Tempo – è un ciclo che si rinnova ma le cui regole, al contrario di quelle del Tempo, sono fluide; così, l'ordine e il disordine si determinano e si giustificano a vicenda. Chi non lo capisce, è fatalmente destinato allo sconfitta. L'unico modo per sottrarsi alla Legge è immettersi nel suo ciclo eterno, lasciandolo scorrere dentro se stessi e fondendolo in tal modo con il Tempo. Ma tu non impegnarti ad afferrare l'Incomprensibile. Accetta il mistero.»

Hershowitz si morse le labbra fino a farsele sanguinare e poi proruppe in un grido: «Perché? Perché proprio io? Mi sono sempre comportato da lavoratore e cittadino modello. Perché?»

«Perché?» gli rispose beffardo il Vescovo. «Ti sei mai chiesto perché nella tua vita sei sempre stato così angosciato da un senso di inadeguatezza? Da che cosa derivava il tuo opprimente affanno avvolto da smania servile, la tua necessità di essere imbozzolato in un sistema solo all'apparenza rassicurante e che pure sotto sotto detestavi? Chieditelo, se ne hai coraggio. Ma ti posso già anticipare una risposta alla tua domanda; ebbene, tutto questo è accaduto perché eri nato per il compito che hai svolto stanotte e non lo sapevi, così come

György e Lavinia sono nati per ricoprire un ruolo congeniale alla loro natura, fino alla loro appropriata morte. E lo stesso vale per Mandel, Mirkovich e per altri ancora. Già, non lo sapevi e non potevi immaginarlo, ma non ti crucciare; anche se lo avessi saputo nulla sarebbe cambiato. E ora, se non ti spiace, chiuderei definitivamente questa storia.»

Fece un cenno con la mano ai due dietro di lui, che subito s'affiancarono a Hershowitz. Costui protestò con decisione: «Non è giusto, non può essere, tutto questo è insensato. Farò ricorso».

«Fai pure, ma non ti servirà a niente. Il ricorso lo valuterebbe la commissione episcopale che fa capo al sottoscritto e l'esito sarebbe scontato. Ora i due signori ti accompagneranno nel tuo ultimo viaggio, giacché, a causa della tua grave infrazione, ti viene anche tolto ogni residuo diritto a un processo. Vai in pace, *ego te absolvo* e tanti saluti.»

Hershowitz, affranto, non oppose resistenza e uscì dalla Chiesa assieme ai sicari, proprio mentre rintoccavano le sette. Ormai la città era sveglia. Per le strade, che s'andavano affollando, riconobbe nell'ordine l'ufficiale, seduto al tavolino di un bar intento a consumare la colazione assieme al notaio Novotny, e poi Ulrike, Knarr e la Signorina Holbek – quest'ultima con un vistoso occhio nero – alticci e amichevolmente abbracciati, che percorrevano la via principale intonando canzoni postribolari. Più in là, i tre agenti che avevano arrestato il corpulento Gregor stavano parlando con il vigile nero, in procinto di smontare dal servizio, mentre poco oltre Hermann e suo figlio si accingevano ad alzare la saracinesca del loro negozio.

Dunque la vita continuava ma non per lui, che era stato vicinissimo a sconfiggere il sistema vessatorio del quale, invece, era divenuto solo l'ennesima vittima.

L'impiegato e i sicari giunsero al ponte di Marvis, quel ponte che Hershowitz tante volte aveva attraversato. Quel ponte che... D'improvviso, ripensando alle parole del Vescovo e alla sua stessa domanda, ebbe una folgorazione. Il

Tempo, dopotutto, era come la Legge; anche lui scorrendo si consumava e lo faceva in un'unica direzione, in avanti. Dunque, non gli restava che adeguarsi, accettando il mistero proprio come aveva detto il Vescovo.

Sì, l'unico modo per sottrarsi alla Legge era quello di tuffarsi nel suo eterno ciclo, scandito dal Tempo. E allora Hershowitz si mise a correre, mentre i due sicari, presi in contropiede, si lanciavano goffamente all'inseguimento. Istintivamente, egli si girò verso di loro ma poi sì sentì mancare l'appoggio sotto i piedi e non gli restò che cadere, piombare nel vuoto, certo che si sarebbe schiantato al suolo per sfuggire ai pugnali degli assassini, di cui vide il mellifluo sorriso prima di rotolare giù, sempre più giù, in un densissimo silenzio interrotto solo da un suono, inconfondibile benché inquietante, uno scalpiccio che lo spinse avanti, costringendolo a sbrigarsi, a precipitarsi, dando fondo a ogni oncia d'energia perché, mentre rintoccavano le undici, Franz Joseph Hershowitz s'avvide d'essere in ritardo.

Indice

La convocazione   p. 7

La zuppa del diavolo   p. 39

Il rito   p. 95

Collana "Raccontare"

1	Andrea Benigni	*Il rifiuto e altri racconti*
2	A.A.V.V.	*Amore e morte*
3	A.A.V.V.	*Bugie e verità*
4	Anna Lorenzetti	*Favole per gatti*
5	Sergio Rustichelli	*Il volo delle coppie*
6	Emanuele Gagliardi	*Roma da morire*
7	Vera Durazzo	*Street Artist*
8	Gabriella Grieco	*Lampi di oscurità*
9	Daniela Vasarri	*Donne oggi*
10	Marilena Fonti	*Belle ombre imperfette*
11	Claudio Ceriani	*Nel deserto della notte*